ein Ullstein Buch

D1984057

Von derselben Autorin
in der Reihe der
Ullstein Bücher

Haus der tausend Lügen (1669)
Der Mord am Polterabend (1681)
Flucht ist kein Entkommen (1693)
Dämon hinter Spitzenstores (1790)
Der Kuß der Schlange (1824)
Phantom in Rot (1842)

Ullstein Buch Nr. 1860
im Verlag Ullstein GmbH,
Frankfurt/M – Berlin – Wien
Titel der englischen
Originalausgabe:
To Fear a Painted Devil
Übersetzt von Renate Steinbach

Erstmals in deutscher Sprache

im Verlag Ullstein GmbH,
Frankfurt/M – Berlin – Wien

Printed in Germany 1977
Umschlagfoto:
Photo Media, New York
Gesamtherstellung:
Ebner, Ulm
ISBN 3 548 01860 2

CIP-Kurztitelaufnahme
der Deutschen Bibliothek

Rendell, Ruth

Der Tod fällt aus dem Rahmen:
klass. Krimi. –
Frankfurt/M, Berlin, Wien: Ullstein, 1977.
(Ullstein-Bücher: Nr. 1860: Ullstein-
Krimi) Einheitssacht.:
To fear a painted devil <dt.>
ISBN 3-548-01860-2

Ruth Rendell

Der Tod fällt aus dem Rahmen

Klassischer Krimi

ein Ullstein Buch

Für Margaret und Cyril Rabbs

Prolog

Er war neun. Es war sein erster Morgen in England, und er begann sich zu wundern, ob alle englischen Häuser so wären wie dieses hier, mit vielen, aber kleinen Zimmern voller unnützer Dinge: Statuen ohne Arme, Deckelvasen, Vorhängen, deren starrer Faltenwurf den Abendkleidern seiner Mutter glich.

Sie waren am Abend zuvor angekommen, und sein Vater hatte ihn, in eine Decke gehüllt, auf dem Arm durch die Diele getragen. Er konnte sich nur noch an die große Haustür erinnern, eine schwere Holztür mit der Abbildung eines Baumes auf der Buntglasscheibe. Man hatte ihn schlafen lassen, solange er wollte, und jemand hatte ihm auf einem Tablett das Frühstück ans Bett gebracht. Als er nun die Treppe hinunterstieg an dem Bronzesoldaten vorbei, der mit seiner Lanze auf dem Zwischenpodest Wache hielt, sah er unten die Diele und zögerte.

Es war ein schöner Morgen, aber der Raum wirkte düster und still. Die Wände waren nicht tapeziert, sondern mit gesticktem Stoff bespannt, und die Vorhänge dazwischen verhüllten – was? Fenster? Türen? Ihm schien, sie verhüllten Dinge, die keiner sehen sollte. Es gab nur einen einzigen Spiegel mit einem breiten Rahmen aus poliertem rotem Holz, dessen geschnitztes Laub- und Rankenwerk selbsttätig weiterzuwuchern schien. In diesem Spiegel konnte er nicht sich selber sehen, sondern eine offene Tür und dahinter Bäume und Gras. Er ging darauf zu, wollte in den Garten, wo es hell und sonnig sein mußte. Dann entdeckte er das Bild. Er blieb stocksteif stehen und starrte es an.

Es war das Gemälde einer Dame in einem altmodischen blau- und goldgestreiften Seidenkleid mit einer Brokatkappe auf dem Haar. Sie hielt einen silbernen Teller in der Hand, auf dem der Kopf eines Mannes lag.

Er spürte, daß es ein sehr gutes Bild sein mußte, weil es so lebensecht wirkte. Nichts fehlte, nicht einmal das Blut auf dem Teller und die röhrenförmigen weißen Dinger im Hals des Mannes, wo er vom Rumpf abgeschnitten worden war. Die Dame sah nicht den Kopf an, sondern ihn. Sie lächelte, und ihr Gesichtsausdruck war merkwürdig – triumphierend, verträumt, satt. Noch nie hatte ihn jemand mit solchen Augen angesehen, aber mit einem Mal erriet er, daß Erwachsene sich gegenseitig auf diese Weise anblickten, und daß sie es heimlich, außer Sicht von Kindern, taten.

Er riß seine Augen von dem Bild los und preßte die Hand vor

den Mund, um seinen Aufschrei zu ersticken. Dann rannte er blindlings auf die Glasveranda zu, welche die Diele vom Garten trennte.

Auf der Schwelle stolperte er und streckte haltsuchend die Hand aus. Seine Finger berührten etwas Kühles, Weiches ... aber nur ganz kurz. Gleich darauf verspürte er einen gräßlichen stechenden Schmerz genau wie damals, als er sich am elektrischen Bügeleisen seiner Mutter verbrannt hatte.

Draußen im Garten lachte jemand. Er schrie und schrie und schrie, bis türenschlagend und Hals über Kopf aus der Küche die Frauen herbeieilten.

1

»Blausäure?« wiederholte der Apotheker schockiert. Er war seit zehn Jahren Mitglied der Pharmazeutischen Gesellschaft und ein verantwortungsbewußter Bürger, und solch ein Ansinnen war ihm noch nie gestellt worden. »Zyankali?« Er sah den schmächtigen Mann, der an einem so heißen Tag einen viel zu dicken und viel zu dunklen Anzug trug, streng an. »Wozu brauchen Sie das Zeug?«

Diese Frage fand Edward Carnaby empörend. Mr. Waller war bloß Apotheker und kein studierter Doktor. Bekanntlich steckten Ärzte ihre Nase grundsätzlich in Dinge, die sie nichts angingen, aber von einem Apotheker brauchte man sich das nicht gefallen zu lassen. Man verlangte, was man haben wollte – Rasierklingen, Seife oder sonstwas – und bezahlte dafür. So ein Apotheker war letzten Endes doch nur ein Ladenbesitzer.

»Ich brauch's gegen Wespen. Unterm Dach von meinem Haus ist ein Wespennest.«

Wallers vorwurfsvoller Blick machte ihn nervös. Anstatt für Abkühlung zu sorgen, wirbelte der Ventilator an der Decke nur die heiße Luft umeinander.

»Ihren Namen, bitte.«

»Wozu? Brauche ich etwa ein Rezept dafür?« fragte Carnaby sarkastisch.

Waller überhörte den Seitenhieb. Sich über billige Witze aufzuregen, war unter seiner Würde. »Wie kamen Sie auf die Idee mit der Blausäure?«

Unterdessen war hinter dem Vorhang aus bunten Plastikstreifen, der den Laden von der Rezeptur trennte, Linda Gaveston in ihrem rosa Arbeitskittel zum Vorschein gekommen. Edward Carnaby ärgerte sich darüber, teils, weil sie trotz der Hitze taufrisch aussah, teils, weil es sich, seiner Meinung nach, für ein Mädchen, dessen Eltern in Linchester wohnten, nicht gehörte, in einer Apotheke zu arbeiten. Sie lächelte ihm flüchtig zu. Er sagte unwirsch: »Wenn Sie's unbedingt wissen müssen, ich hab's in einem Gartenbuch gelesen.«

Durchaus möglich, dachte Waller. »Das muß ein ziemlich altmodisches Buch gewesen sein, wie? Heutzutage gibt's absolut zuverlässige Insektenvertilgungsmittel, die für Warmblüter ganz unschädlich sind und –«

»In Ordnung . . .« Edward hatte nicht die Absicht, vor einer von diesen arroganten Gavestons eine Szene zu machen. ». . . warum haben Sie das nicht gleich gesagt? Ich nehme das Zeug. Wie heißt es?«

»Wesprit.« Waller warf ihm einen letzten pikierten Blick zu und wandte sich zum Regal um, aber das Mädchen hatte die Spraydose schon in der Hand. »Zwei Shilling und elf.«

Angeberin, dachte Edward, während er das Wechselgeld entgegennahm.

»Die Gebrauchsanweisung steht hinten drauf.«

»Danke.«

Linda Gaveston zuckte mit den Achseln und verschwand mit einem Hüftschwenken, das sie einer Bardame im Fernsehen abgeguckt hatte, hinter dem Vorhang.

»Da geht ein Spinner«, sagte sie zu Waller, sobald Edward draußen war. »Er wohnt nicht weit von uns.«

»Wirklich?« Wie alle kleinen Geschäftsleute in dem Dorf Chantflower empfand Waller Hochachtung für Linchester, weil von dort unaufhörlich Geld in die Ladenkassen floß. »Das hätt' ich nicht gedacht.« Er beobachtete, wie Edward in sein mit Kartons beladenes Vertreterauto einstieg. »Na ja, es gibt so 'ne und solche.«

An diesem heißen Nachmittag war Freda Carnaby in Linchester die einzige Hausfrau, die tatsächlich arbeitete, und dabei war sie nicht einmal verheiratet. Sie putzte die Fenster im Wohnzimmer von Edwards Chalet, teils, weil sie auf Sauberkeit hielt, teils, weil sie von dort aus die Wagen, die um den Kreisel fuhren, gut beobachten konnte. Die berufstätigen Männer von Linchester pflegten früh heimzukommen; und der Mann, nach dem sie ausschaute, würde ihr zuwinken oder vielleicht sogar anhalten und sein Versprechen, sie später aufzusuchen, erneuern. Außerdem konnte er sich dann wieder davon überzeugen, welch tüchtige Hausfrau sie war, und daß sie nicht nur beim abendlichen Stelldichein, sondern auch mit dem Fensterleder in der Hand hübsch und elegant aussah.

Unter diesen Umständen war es wie eine Ironie des Schicksals, daß ausgerechnet Tamsin Selbys Wagen als erster auftauchte. Er war fast neu, aber nicht zu verkennen, weil die schwarz-weiße Karosserie schon ganz eingedreckt war und auf dem Rücksitz Zweige und verdorrte Wiesenblumen herumlagen. Freda schürzte mißbilligend die Lippen. Wenn man das Geld hatte, um teure Dinge zu kaufen (was mußte allein das Nummernschild mit dem Monogram SIN 1A gekostet haben!), dann sollte man gefälligst pfleglich damit umgehen.

Dr. Greenleafs Wagen folgte gleich hinterher. Es wurde Zeit, daß er sich einen neuen anschaffte, dachte Freda. Ein Arzt gehörte zu den Respektspersonen einer Gemeinde und hatte sich bei seinem öffentlichen Auftreten danach zu richten. Sie nickte ihm lächelnd zu. Sein freundliches Grinsen erklärte sie sich damit, daß er sich über ihre blühende Gesundheit freute und daß sie ihm nicht mit eingebildeten Wehwechen die Praxis einrannte.

Bis Joan Smith-King mit einem Kombi voller Kinder, die sie von der Schule abgeholt hatte, ankam, war Freda mit dem Fenster fertig.

»Lieferung frei Haus«, sagte Joan fröhlich. »Den meint, ich sollte den Busführerschein machen.«

»Darf ich zu Peter zum Tee mitgehen?« rief Cheryl. »Ach bitte, Tante Free!«

»Meinetwegen«, sagte Freda. Cheryl war zwar nur die Tochter eines Vertreters, aber sie hatte gute Manieren; dafür hatte Freda gesorgt.

»Gräßlich mit diesen Wespen!« Joan spähte zum Chaletdach hinauf, wo die Wespen um die Kastenrinne schwärmten. »Tamsin sagt, Patrick wäre schlimm in die Hand gestochen worden.«

»Wirklich?« Freda wandte die Augen von Joans Gesicht ab und starrte unschuldsvoll zur Hecke hinüber. »Komm nicht zu spät nach Haus, Cheryl«, mahnte sie. Joan fuhr weiter, wobei sie mit einer Hand lenkte, mit der anderen Jeremy von Peter wegzerrte und ihre Tochter Susan auf Cheryls Schoß schubste. Das Baby in seiner Tragetasche auf dem Vordersitz fing an zu schreien. Freda ging zur Hintertür und in ihre makellos saubere Küche.

Sie frischte gerade ihr Make-up auf, da hörte sie Edwards Wagen auf der Einfahrt. Die Vordertür knallte zu.

»Free?«

Als sie in die Diele lief, stand Edward bereits vor dem Plattenspieler und legte »In der Halle des Bergkönigs« auf.

»Du hättest ruhig das Tor zumachen können«, sagte sie nach einem Blick durchs Fenster. Was soll's, dachte sie dann; eine Ehefrau kann solche kleinen Gefälligkeiten erwarten, aber ich bin ja bloß seine Schwester, die ihm den Haushalt führt und seine mutterlose Tochter versorgt. Immerhin ... ihre Stimmung hob sich ... in ein paar Jahren würde sie vielleicht ein eigenes Kind haben.

»Gibt's bald Tee?« fragte Edward.

»Um Punkt halb sechs wie immer. Du hast doch noch nie aufs Essen warten müssen, Ted.«

»Um sieben hab ich nämlich Autoreparatur.«

Edward besuchte jeden Abend irgendeinen Kursus. Französisch am Montag und Donnerstag, Buchhaltung am Dienstag, Hobbytischlern am Mittwoch, Autowartung am Freitag. Freda billigte seinen Tatendrang. Vermutlich half er ihm über den Verlust seiner Frau hinweg, die gerade noch lange genug gelebt hatte, um die Gardinen in dem neuen Haus aufzuhängen, und gestorben war, bevor die erste Rate fällig wurde.

»Und was wirst du den Abend über machen?«

Sie zuckte mit den Achseln. Er war ihr Zwillingsbruder und so argwöhnisch wie ein Ehemann.

»Manchmal frag ich mich, ob du nicht einen Freund hast, der heimlich hier aufkreuzt, sobald ich den Rücken kehre.«

Hatte es womöglich Gerede gegeben? Klatsch? Na, und wenn schon. In einigen Tagen würden es die Leute sowieso erfahren ... auch Edward. Komisch, aber es überlief sie kalt, wenn sie daran dachte.

Er drehte die Platte um und richtete sich auf. »Solveigs Lied«, Musik für ein kühles Klima, schwang sich durch den stickigen Raum. Die makellose Stimme beglückte Freda, erinnerte sie an die herben hellen spärlich möblierten Zimmer, die sie bisher nur von außen gesehen hatte, wenn sie bei ihren Besorgungen daran vorbeikam. Im großen und ganzen würde sie gern dort wohnen. Sie würde ihm nichts dreinreden. Er liebt mich, dachte sie, und ein Schauer schmerzlicher Sehnsucht durchrieselte sie von den Schultern bis zu den Füßen in den viel zu engen spitzen Pumps.

»Es wäre mir nicht recht, Free«, sagte Edward. »Hier bei mir bist du am besten aufgehoben.«

»Warten wir ab, was die Zukunft bringt.« Sie starrte durchs Fenster auf die zehn anderen Häuser, die die Grünfläche umgaben. Es würde spannend sein, das Häuserrund im nächsten Jahr aus einem anderen Blickwinkel zu sehen. Als sie sich umdrehte, stand Edward neben ihr und schnippte ihr mit den Fingern vorm Gesicht herum, um sie aus ihrer Versunkenheit zu reißen.

»Nicht doch«, sagte sie.

Denholm Smith-King war daran gewöhnt, seiner Frau im Haushalt zu helfen. Bei fünf Kindern blieb ihm praktisch nichts anderes übrig. Er war schon daheim und hatte, wie er's beschönigend nannte, »eine Tasse Tee« vorbereitet. Angesichts der vielen hungrigen Mäuler bedeutete dies bei den Smith-Kings eine Mahlzeit, bei der ein großer Laib Brot und zwei Teekuchen draufgingen.

»Du bist früh dran«, sagte Joan.

»Im Betrieb war nicht viel los.« Er begrüßte Cheryl zerstreut, als wäre ihm nicht ganz klar, ob sie nicht etwa auch zu seinen eigenen Kindern gehörte. »Die Geschäfte sind derzeit ein bißchen flau, und deshalb hab' ich mich in den Schoß der Familie geflüchtet.«

»Flau?« Sie breitete ein Tischtuch über die verschrammte Teakholzplatte. »Das hör' ich aber gar nicht gern, Den. Ich wollte schon längst mal mit dir über die Firma sprechen . . .«

»Hast du für morgen abend einen Babysitter aufgetrieben?« fragte er, um das Thema zu wechseln.

»Linda Gaveston hat versprochen zu kommen. Ich hab' sie gefragt, als ich bei Waller war.« Joan fischte die Einladung aus dem Durcheinander auf dem Kaminsims und las sie laut vor: »Tamsin und Patrick Selby geben sich die Ehre . . . Samstag, den 4. Juli, acht Uhr . . . Tamsin war schon vorher affektiert, aber das ist doch wirklich der Gipfel.«

»Wenn man eigenes Geld und keine Kinder hat, kann man sich solche Allüren leisten, schätz ich.«

»Aber es ist nur eine Geburtstagsparty. Sie wird morgen siebenundzwanzig.«

Denholm ließ sich schwer auf den Stuhl fallen, ein widerwilliger *pater familias,* der sich notgedrungen mit seiner Rolle abfand. »Siebenundzwanzig? Ich hätte sie für höchstens zwanzig gehalten.«

»Sei nicht albern, Den. Sie ist seit Jahren verheiratet.« Seine Bewunderung für eine andere Frau hatte Joan gewurmt, aber nun sah sie ihn über den Tisch hinweg zärtlich an. »Noch dazu mit Patrick Selby . . . nicht auszudenken!«

»Das ist doch wohl eine Geschmacksfrage, altes Mädchen.«

»Ich weiß nicht, warum, aber mir graut vor ihm. Ich krieg jedes Mal eine Gänsehaut, wenn er mit seinem großen Schäferhund hier vorbeikommt . . .« Sie putzte dem Baby das Kinn ab und seufzte. »Der Hund war heute vormittag wieder im Garten. Tamsin hat sich vielmals entschuldigt. Sie ist eigentlich ganz nett, wirkt aber immer nur halbwach.«

»Ein Jammer, daß sie keine Kinder haben.«

Im Zweifel, ob sein Bedauern ehrlich gemeint war oder einer Regung des Neids entsprang, erwiderte Joan scharf: »Sie sind Vetter und Kusine.«

»Ach, eine Jugendliebe, wie? Sind wohl zusammen aufgewachsen?«

»Keine Ahnung«, sagte seine Frau. »Patrick ist kein Mensch, der andere ins Vertrauen zieht, und sie ist viel zu sehr das verwunschene kleine Mädchen.«

Nach dem Tee verschwanden die Kinder im Garten. Joan gab ihrem Mann ein Geschirrtuch und fing an abzuwaschen. Beide fuhren zusammen, als Jeremy losbrüllte; Denholm, der wußte, was das bedeutete, rannte mit dem Stock hinaus, den er für solche Fälle in der Veranda bereitgestellt hatte.

Nur Cheryl wich und wankte nicht. Die anderen Kinder versteckten sich hinter ihrem Vater, der drohend den Stock hob. »Scher dich fort, du Bestie! Los, hau ab!«

Der Schäferhund sah ihn ruhig und etwas geringschätzig an. Er wirkte nicht umgänglich, aber auch nicht wild. Dazu war das Tier zu abweisend und wohlerzogen. Es stand bis zu den Flanken in Denholms Ringelblumen und Rittersporn und schnappte gemächlich und ohne sich um die Aufregung zu kümmern nach einer Blüte.

Cheryl haschte nach Denholms Arm. »Tun Sie ihm nichts, bitte. Es ist ein netter Hund, wirklich. Er kommt oft zu uns ins Haus.«

Obwohl Denholm nur mit halbem Ohr hinhörte, ließ er den Stock sinken. Trotz seiner Wut konnte er den Hund nicht gut in Gegenwart der Frau schlagen, die lautlos und unvermittelt hinter dem Zaun aufgetaucht war.

»Queenie kommt oft zu uns«, wiederholte Cheryl.

Tamsin Selby hatte verstanden; ihr glattes gebräuntes Gesicht zuckte schmerzlich. »Es tut mir schrecklich leid . . . seien Sie nicht böse, Denholm, bitte.« Sie lächelte gezwungen. »Queenie ist sanft wie ein Lamm.«

Denholm grinste dämlich. Den beiden Selbys gegenüber kam er sich immer wie ein Narr vor. Schuld daran war vermutlich der Kontrast zwischen ihrem gepflegten Garten und seinem zertrampelten Rasen mit Sandhaufen und Schaukel, ihrer geschmackvollen Maßkleidung und seinen »Klamotten«, ihrem Überfluß und seiner Misere. »Er macht den Kindern Angst«, sagte er mürrisch.

»Komm, Queenie!« Der schlanke braune Arm beschrieb einen eleganten Bogen, und der Hund sprang geschmeidig über die Hekke. »Wir sehen euch doch hoffentlich morgen, Denholm?«

»Aber sicher. Einen guten Schluck lassen wir uns nicht entgehen.« Er war verlegen und verzog sich schnell ins Haus. Die Kinder trudelten hinter ihm her außer Cheryl, die wißbegierig über die Hecke spähte und sich fragte, warum die Dame, die so ganz anders war als Tante Freda, unter der Weide auf die Knie gefallen war und dem Hund die Arme um den Hals schlang.

2

Wenn die Leute von Nottinghamshire fünf Jahre zuvor von Linchester sprachen, dann meinten sie das Schloß und den Park. Aber mit dem Tode des alten Marvell hatte die Herrlichkeit ein Ende. Von einem Tag zum anderen – so schien es ihnen – war das Schloß verschwunden, und es gab nur noch die Planierraupen, die Henry Glide aus der Stadt herübergebracht hatte, und riesige Staubwolken, die sich pilzförmig über den Bäumen ausbreiteten, als hätte dort jemand eine kleine Atombombe gezündet.

Es hieß allgemein, daß sich niemand dort ansiedeln würde, wobei die Leute vergaßen, daß sogar in der Provinz der Zug aufs Land Mode war. Auch Henry war seiner Sache nicht sicher und baute drei Chalets, bevor ihm aufging, daß er ein besseres Geschäft machen könnte, wenn er sich auf Nottinghamer Firmendirektoren konzentrierte. Glücklicherweise waren seine drei Kunstfehler hinter Bäumen fast völlig verborgen. Der Kaufvertrag mit den Marvells sah nämlich vor, daß der alte Baumbestand erhalten blieb, und das war Henrys Rettung. Seine Frau hielt ihn allerdings für übergeschnappt, als er erklärte, er würde nun acht weitere Häuser auf dem Terrain errichten, acht wunderschöne moderne

Villen um eine weite Grünfläche mit einem Teich in der Mitte.

Und das meinten die Leute neuerdings, wenn sie von Linchester sprachen. Sie meinten die Anlage mit dem Teich, über den Schwäne zwischen Seerosen hindurchglitten; die Umgehungsstraße, den sogenannten Kreisel; das Cotswold-Farmhaus, das nachgeahmte Tudorpförtnerhäuschen, das moderne Fertighaus der Greenleafs, den Glaswürfel der Selbys und Henry Glydes Bungalow. Vom Oberdeck des Linienbusses aus besichtigten sie das Minipalais der Gavestons, die Gage-Villa und das Anwesen der Smith-Kings, aus dem inzwischen eine Kinderbrutstätte geworden war. Und so mokierten sie sich über die unschönen kleinen Chalets und deren Bewohner – die Staxtons, MacDonalds und Carnabys –, die gleichsam die armen Verwandten der wohlhabenden Villenbesitzer darstellten.

Die zwei Lastwagenfahrer waren vorher noch nie in Linchester gewesen und sahen es an diesem stillen milden Sommerabend von seiner besten Seite. Ihnen imponierten jedoch weder die gepflegten Gärten, die Steinornamente auf den Pfosten des ehemaligen Parktors noch die mächtigen Ulmen, Eichen und Platanen, die jedem Anwesen seine exklusive Abgeschiedenheit verliehen, sondern nur die Häuser selbst. Eingeschüchtert und zugleich voller Mißtrauen bogen sie zwischen den Steinpfeilern in den Kreisel ein und hielten nach der Villa Eden Ausschau.

An den drei Mißgeburten »Schalom«, »Alpenrose« und »Linchester Lodge« vorbei ratterte der Lkw die Straße entlang, wobei der Schotter unter den Rädern wegspritzte und die Reifen in der von der Hitze aufgeweichten Teerdecke das Muster ihrer Profile hinterließen.

»Das da drüben wär genau mein Fall», sagte der Fahrer, indem er auf das Cotswold-Farmhaus mit seinen holzgeschnitzten blumengeschmückten Galerien wies. »Sobald ich ganz groß im Lotto rauskomme.« Sein Kamerad grinste verächtlich und neiderfüllt.

»Mach ein bißchen dalli, Reg. Es ist gleich Feierabend.«

»Gott verdammich, ich hab' doch keine Röntgenaugen!« Reg warf seinen Zigarettenstummel zwischen die Rhododendronsträucher der Gavestons. »'ne halbe Meile bis zu jeder Haustür und überall diese verflixten Bäume.«

»Also, die hätt ich schon längst umgehauen. Halten bloß das Licht ab, und ewig der Ärger mit dem Laub. Und mit dem Rasenplatz in der Mitte hätt ich auch was Besseres angefangen. Da, wo der Teich ist, hätte man gut noch zwei hübsche Bungalows hinsetzen können. He, paß auf . . . wir sind da! Eden . . . jawohl, stimmt. Möcht wissen, warum ich dich mitgenommen habe, wenn du die Augen nicht aufsperrst!«

Aber er war nachher beim Abladen des Frachtstücks doch froh über Regs Hilfe. Es war schwer und dem Aufdruck zufolge zerbrechlich . . . vielleicht eine Glastür oder ein großer Spiegel. Sie schleppten es zwischen zwei Reihen junger Weiden die Einfahrt hinauf bis zum gepflasterten Vorhof.

Die Villa Eden war in den Augen fast aller Menschen wunderschön. Reg und dem Fahrer kam sie im Vergleich zu ihren aufgetakelten Nachbarn eher langweilig vor. Das Haus war schmucklos und rechteckig aus Yorkstein und hellem Naturholz; es gab weder pittoreske Giebel noch Schornsteine oder altmodische Erker mit Butzenscheiben. Die riesigen Panoramafenster hatten Jalousien, und die Vordertür hatte zwei Flügel aus Glas und Stahl.

»Wollen Sie zu mir?« Die sanfte gedämpfte, unverkennbar der Oberklasse angehörende Stimme erklang über ihren Köpfen. Der Fahrer sah zu dem langen schlichten Balkon hoch und erspähte eine Frau, die sich über das Geländer beugte.

»Bahnfracht, Lady.«

»Ach, du liebe Güte!« sagte Tamsin Selby. »Das hatte ich ganz vergessen.«

Wirklich, total verschusselt. Der Kauf damals war einer übermütigen, fast boshaften Laune entsprungen, grundverschieden von ihrer gegenwärtigen Stimmung. Und die Zustellung hatte sich so sehr verzögert, so viel war unterdessen passiert . . . Sie verschwand durch die Balkontür im Schlafzimmer.

»Das ist mal wieder typisch für die Reichen«, sagte Reg zum Fahrer. »Vergessen, meine Fresse!«

Tamsin tauchte außer Atem unten auf. Das Paket mußte um jeden Preis hineingeschafft und womöglich versteckt werden, ehe Patrick nach Hause kam. Sie versuchte es hochzuheben, doch es war zu schwer. Die beiden Männer beobachteten sie schadenfroh.

»Würden Sie wohl so freundlich sein und es für mich hinauftragen?« fragte Tamsin.

»Also, schauen Sie«, wandte der Fahrer ein, »das Ding ist schwer wie Blei . . .«

Sie kramte zwei größere Geldstücke aus der Handtasche, die sie in der Diele rasch an sich genommen hatte.

»Na ja, man kann's schließlich nicht draußen stehen lassen», murmelte Reg nachgiebig.

»Furchtbar nett von Ihnen.« Tamsin ging voraus, und die zwei folgten mit dem ungefügen Frachtstück, indem sie sich bemühten, weder die taubengraue Velourstapete noch den Handlauf des schmiedeeisernen Treppengeländers zu verschrammen.

»Hier herein, bitte.«

Der Raum überwältigte die beiden Männer. Ihrer sonst kaum empfundenen Armut jäh bewußt, kamen sie sich mit einemmal plump und ungewaschen vor. Sie sahen weg von den Samtvorhängen, dem indirekt beleuchteten Toilettentisch aus Glas und Chrom, der halbgeöffneten Badezimmertür, die den Blick auf handgemalte Kacheln und blitzende Armaturen freigab, und starrten auf ihre Füße.

»Würden Sie's aufs Bett legen?«

Sie ließen es sachte auf die cremefarbene Seidendecke hinab, wobei sie darauf achteten, daß es nicht auf die Fensterseite des Doppelbetts zu liegen kam, wo unter der zurückgeschlagenen Daunendecke und dem rüschenverzierten Kopfkissen ein zitronengelbes Spitzennachthemd hervorlugte.

»Hier stört es gar nicht. Vielen, vielen Dank.«

Tamsin hatte es so eilig, die zwei Männer loszuwerden, daß sie sich nicht damit aufhielt, die Bettdecke glatt zu streichen. Sie unterschrieb den Lieferschein und bugsierte sie schleunigst hinaus. Dann schloß sie die Tür des Gästeschlafzimmers ab und seufzte erleichtert. Patrick mußte jeden Moment kommen; ihr blieb nur eine kurze Atempause, um sich zu vergewissern, ob das Haus und sie selber präsentabel waren.

Sie ging ins Balkonzimmer und besah sich im Spiegel. Alles in Ordnung, alles genauso, wie Patrick es gern mochte oder vielmehr, wie er es unlängst noch gemocht hatte ... Die Sonne – sie war fast den ganzen Tag über im Freien gewesen – hatte Wunder gewirkt, ihr honigfarbenes Haar golden getönt, die ohnehin dunkle Haut noch tiefer gebräunt. Kein Make-up. Es hätte nur die Wirkung verdorben, die sie hervorzurufen trachtete, die Nachbildung einer glatten Teakholzmaske – gerade Nase, blasse herausgemeißelte Lippen, schmale sanft gewölbte Wangenknochen.

Ihr Haar hing ganz gerade auf die braunen Schultern herab. Nicht einmal Patrick zuliebe war sie bereit, es abschneiden und dauerwellen zu lassen. Das Kleid ... nun, an dem war jedenfalls nichts auszusetzen. Patrick haßte knallige Farben, und das Kleid war schwarz und weiß und von unaufdringlicher Eleganz. O Gott ... sie schnitt sich ein Gesicht und wünschte sich zum erstenmal im Leben, sie könnte ihr Spiegelbild in das einer blonden frischen Hausfrau verwandeln.

Unten der Tisch war schon gedeckt: zwei Platzdeckchen aus blauem Leinen – Patrick mochte die großen Damasttischtücher nicht – schwarze Keramikteller, eine Weißbrotstange im dazu passenden Korb, eine Flasche Riesling aus dem Kühlschrank. Tamsin stockte kurz der Atem, als ihr der verwelkte Wiesenblumenstrauß ins Auge fiel. Sie ergriff die Vase und rannte in die Küche. Der Hund! Hatte sie dem Hund schon sein Futter gegeben?

»Queenie!«

Wie oft hatte Patrick sie in den letzten Monaten gescholten, weil sie den Hund nicht pünktlich um fünf gefüttert hatte. Wie oft hatte er ihr vorgeworfen, daß sie ihre Zeit im Garten und mit Streifzügen durch die Felder vertrödelte, statt sich um den Haushalt zu kümmern und mit den Nachbarn Schritt zu halten.

Aber offenbar hatte sie das Futter zurechtgemacht und nur in all der Aufregung nicht mehr daran gedacht. Der Napf mit Pferdefleisch und Semmelmehl stand unberührt auf dem Fliesenboden. Fliegen umschwirrten ihn, und eine Wespe krabbelte auf einem Fettbrocken herum.

»Queenie!«

Die Hündin kam durch die Hintertür angetrottet, beschnüffelte das Futter und sah Tamsin fragend aus traurigen Augen an. Queenie ist das einzige, was uns noch verbindet, dachte Tamsin; sie fiel auf die Knie und umschlang in ihrer Verlassenheit den zottigen Hals des Tieres. Queenie wedelte mit dem Schwanz und drückte die Schnauze gegen Tamsins Ohr.

Von den zwei Patrick ergebenen weiblichen Wesen war es die Hündin, die ihn als erste kommen hörte. Sie hob den Kopf und kläffte einmal kurz.

»Das Herrchen», sagte Tamsin. »Geh, such ihn.«

Queenie streckte sich und spitzte die Ohren. Als die schwere Garagentür rumpelnd zugezogen wurde, schoß sie durch die Hintertür und quer über die Terrasse davon und sprang an dem Eisentor hoch, das die Einfahrt versperrte. Tamsin folgte ihr herzklopfend.

Er schlenderte heran, ohne sie zu beachten, einzig und allein mit dem Hund beschäftigt. Nachdem er Queenie gestreichelt und ihren Überschwang beschwichtigt hatte, blickte er auf und sah seine Frau.

Tamsin hatte so viel auf dem Herzen – zärtliche Worte, deren sie sich aus vergangenen Zeiten erinnerte, da es der Worte nicht bedurft hatte –, aber sie brachte nicht eines davon über die Lippen. Sie stand mit hängenden Schultern da, während sie mit den Händen nervös an ihrem schwarz-weißen Rock herumnestelte. Patrick schob sich an ihr vorbei, verscheuchte eine Wespe, die auf sein Gesicht zuschoß, und verschwand im Haus.

»Queenie hat ihr Futter nicht gefressen.« Er haßte Schmutz, Unordnung, Schlamperei. »Es ist voller Fliegen.«

Sie bückte sich nach dem Napf und schüttete den Inhalt in den Mülleimer. Patrick machte kehrt und ging ins Obergeschoß. Nachdem sie sich die Hände gewaschen hatte, wanderte sie ins Eßzimmer hinüber. Er blieb eine Ewigkeit oben ... würde der Wein zu warm werden? Sollte sie ihn lieber wieder in den Kühlschrank tun? Sie wartete; das Kleid klebte ihr am Körper. Schließlich schaltete sie den Ventilator ein.

Als er endlich in blauen Slacks und einem gestreiften T-shirt zurückkam, sah er gut aus, sofern man sich für aschblondes Haar und so dichte Sommersprossen, daß sie wie Sonnenbräune wirkten, überhaupt erwärmen konnte.

»Als Vorspeise gibt's Melone«, sagte sie, »die ißt du doch gern.«

Argwöhnisch schabte er die geschmolzene Zuckerschicht ab. »Das ist doch nicht etwa Honig? Du weißt ja, daß ich den nicht mag.«

»Natürlich nicht ... Liebling«, fügte sie schüchtern hinzu.

Stumm machte er sich der Reihe nach über Geflügelsalat, Kartoffelsalat, Obstsalat her – einwandfreie hygienische Kost aus Konservendosen oder der Tiefkühltruhe. Der Ventilator surrte, und Queenie lag hechelnd und alle viere von sich gestreckt direkt im Luftzug.

»Für die Party hab' ich alles vorbereitet«, sagte Tamsin.

»Welche Party?«

»Morgen ist mein Geburtstag. Hast du das vergessen?«

»Nein, ich war bloß mit meinen Gedanken woanders.«

Ob er an ein Geschenk für sie gedacht hatte? »Aber es ist noch eine Menge zu tun«, sagte sie fröhlich. »Wir müssen die Lampions aufhängen und die Diele ausräumen, für den Fall, daß es regnet. Und ... ach, Patrick, kann man nicht was gegen die Wespen machen? Das Nest ausräuchern oder so?« Sie besann sich zu spät und faßte nach seiner Hand, die ihren Druck nicht erwiderte. An seinem Daumen war eine rote Schwellung. »Wie gräßlich ... war es heute sehr schlimm für dich?«

»Der Stich? Ach wo, ich hab' nichts mehr davon gespürt.«

»Könnte man die Wespen nicht irgendwie vertreiben? Sie werden uns die Party ruinieren.«

Er stand auf. »Heute abend hab' ich keine Zeit. Ich gehe noch mal aus.«

»Bitte nicht, Liebling.« Ihre Stimme zitterte. »Ich brauche dich hier. Es ist noch so viel vorzubereiten.«

Patrick lachte schneidend. Sie starrte auf ihren Teller und rührte ziellos mit dem Löffel in dem dickflüssigen Obstsaft herum.

»Ich muß doch den Hund ausführen, oder etwa nicht?«

»Aber das kann ich doch tun.«

»Nein, danke, nicht nötig«, entgegnete er kalt, »das bringe ich auch allein fertig.« Er fuhr mit dem Finger über die Anrichte und hielt ihr seine schmutzige Fingerkuppe unter die Nase. »Falls du sonst nichts zu tun hast, könntest du gelegentlich auch mal Staub wischen.«

»Patrick ...« Ihr Gesicht hatte alle Farbe verloren, und auf ihren Armen bildete sich Gänsehaut. »... du mußt dir das, worüber wir gestern abend sprachen, noch einmal überlegen ...« Mühsam stieß sie mit steifen Lippen hervor: »Ich liebe dich doch.«

Sie war Luft für ihn. Er ging in die Küche und holte die Hundeleine aus dem Besenschrank.

»Queenie!«

Der Schäferhund erwachte aus tiefem Schlaf zu stürmischer Bewegung und rannte zum Tor, wo Patrick ihn an die Leine nahm. Tamsin blieb auf den Trümmern der verunglückten Mahlzeit allein zurück. Schließlich begann sie zu weinen, und die Tränen tropften in das Weinglas, das sie mit beiden Händen umfaßte. Sie hob es an den Mund, weil ihre Kehle ausgedörrt war. Ich trinke meine eigene Trübsal, dachte sie. Fünf, zehn Minuten verstrichen. Dann wanderte sie auf die von Weiden gesäume Einfahrt hinaus. Der Himmel war klar, oben tiefblau, violett und aprikosenfarben über dem Horizont; Schwalben segelten über ihn hin.

Am Ende der Einfahrt blieb sie stehen und stützte sich mit den Armen aufs Tor. Patrick war nicht weit gegangen. Er kehrte ihr den Rücken zu und starrte am Rand des Weihers ins Wasser. Der Hund versuchte – erfolglos wie immer – den drei weißen Schwänen Angst einzujagen. Nach einer Weile gab er es auf und verfolgte eine Eichhörnchenfährte, indem er am Fuß jedes Baumes innehielt und ins Geäst hinaufspähte. Patrick trödelte herum, als wäre er zu früh dran. Worauf wartete er?

Während sie ihn beobachtete, kam hinter den Ulmen ein hellgrüner Ford in Sicht. Der drollige kleine Vertreter aus dem Chalet auf der Fahrt zu seinem Abendkurs. Ihre Hoffnung, daß er es mit einem Kopfnicken bewenden lassen würde, erfüllte sich nicht. Er stoppte. Es gab nicht viele Männer, die grußlos an Tamsin Selby vorbeifuhren.

»Heiß genug für Sie?«

»O ja«, erwiderte Tamsin. Wie hieß der kleine Mann noch? Sie kannte keinen einzigen Chaletbewohner mit Namen. »Ich bin gern in der Sonne.«

»Sie bekommt Ihnen . . . das sieht man Ihnen an.«

Offenbar würde sie um ein unverbindliches Gespräch nicht herumkommen. Sie machte das Tor auf und trat an den Wagen heran. Er faßte ihre Absicht falsch auf und öffnete die Wagentür.

»Kann ich Sie irgendwohin mitnehmen? Ich fahre ins Dorf.«

»Nein, nein, vielen Dank.« Tamsin verkniff sich das Lachen. »Ich schnappe nur ein bißchen Luft.«

Er machte ein langes Gesicht. Es lag ihm viel daran, den Nachbarn zu beweisen, daß er mit der schönen Mrs. Selby auf vertrautem Fuß stand. Deshalb sagte er: »Tatsächlich drücke ich mich vor einer unangenehmen Arbeit. Ich müßte nämlich eigentlich Ungeziefer ausrotten.«

»Ungeziefer?«

»Ja, wir haben unterm Dach ein Wespennest.«

»Ach, so was . . . wir auch.« Sie blickte auf. Patrick stand noch immer am Teich. »Mein Mann . . . wir möchten sie gern loswerden, wissen aber nicht, wie.«

»Ich hab' ein Mittel dagegen. Es heißt Wesprit. Ich werd Ihnen was sagen . . . ich probier's zuerst bei mir aus, und wenn es hilft, bring ich's Ihnen rüber.«

»Das wäre wirklich nett.«

»Hören Sie zu, wenn's Ihnen paßt, komm ich morgen früh.«

Tamsin seufzte still. Dann würde der arme kleine Kerl mitten in ihre Vorbereitungen für die Party hineinplatzen. »Schauen Sie, warum kommen Sie nicht abends gegen acht zu einer kleinen Fete, zu der ich ein paar Freunde eingeladen habe?« Er betrachtete sie voller Anbetung; seine Augen erinnerten sie an Queenie. »Wenn Sie ein bißchen früher kommen, können wir was gegen die Wespen unternehmen. Oh, und bringen Sie einen Freund mit, wenn Sie mögen.«

Eine Party in der Villa Eden! Im größten Haus von Linchester!

Er verfiel in seinen rührseligen Witwertonfall. »Ich war seit dem Tod meiner Frau nicht mehr auf einer Party.«

»Wirklich?« Es gab ihr einen Stoß. »Seine Frau ist gestorben«, hatte Patrick gesagt, »und darum . . .« Was hatte sie da bloß wieder angestellt? »Entschuldigen Sie, aber ich glaube, ich kenne Ihren Namen nicht.«

»Carnaby . . . Edward Carnaby.«

Sie nahm ihre Hand von der Wagentür und preßte sie gegen die Brust und atmete schwer wie ein Läufer, der eine Steigung genommen hat.

»Wink deinem Daddy«, sagte Joan, als sie mit Cheryl aus der Gartenpforte trat.

Das Kind interessierte sich jedoch mehr für den Mann und den Hund auf dem Rasen. Joan, die sich einredete, daß sie ohnehin den gleichen Weg hatte, folgte Cheryl zögernd.

Patrick pflegte seine Zeit nicht mit Höflichkeitsfloskeln zu vergeuden. Er wandte seinen geringschätzigen, kühl berechnenden Blick von Edward Carnaby ab und Joan zu, wobei ihm kein Detail ihrer vernachlässigten Erscheinung von dem zippligen Baumwollrock über die sonnenverbrannten Arme bis zum nachgedunkelten Haaransatz entging.

»Ist die Hitze nicht furchtbar?« sagte sie verlegen, empfand jedoch gleich, wie dumm die Bemerkung gewesen war. Es war nämlich gar nicht mehr so heiß. Eine leichte Brise war aufgekommen und kräuselte die glatte Oberfläche des Weihers.

»Ich begreife nicht, warum die Engländer ständig übers Wetter nörgeln müssen«, entgegnete er und sah dabei sehr teutonisch aus. Joan fiel ein, daß ihr irgend jemand erzählt hatte, Patrick hätte seine Kindheit in Deutschland und Amerika verbracht. Sie lachte schrill und haschte nach Cheryls Hand. Er hatte ihr so deutlich zu verstehen gegeben, daß er auf ein Gespräch mit ihr keinen Wert legte, daß sie zusammenfuhr und errötete, als er sie zurückrief.

»Was machen die Geschäfte?«

»Geschäfte?« Er meinte natürlich Denholms Fabrik. Und weil ihr seit dem Tee eine unbestimmte Besorgnis zu schaffen machte, sagte sie: »Den meint, sie wären in letzter Zeit ein bißchen flau.«

»Wir können nicht alle gute Aufträge ergattern.« Er tätschelte den Stamm einer mächtigen Eiche und lächelte boshaft. »Die wachsen nämlich nicht auf Bäumen, meine liebe Joan. Man muß dahinter hersein. Wenn Denholm nicht aufpaßt, schlucke ich demnächst seine Firma.«

Joan antwortete nicht und sah von ihm weg zum Hund hinüber. Zu spät merkte sie, daß er in dieselbe Richtung starrte. »Expansion ist Leben«, sagte er. »Nur noch ein paar Monate, und wir bringen Schwung in die Sache.«

Verstört wich sie vor ihm zurück. Ihr jähes Frösteln wurde nicht von der Nachtluft ausgelöst, sondern von dem Mann neben ihr. »Komm, Cheryl. Zeit fürs Bett.«

»Ich kann sie mitnehmen.« Patricks Lächeln wurde unergründlich. »Wir haben den gleichen Weg.«

Der grüne Ford war verschwunden, aber Tamsin stand noch da und schaute herüber. Joan war drauf und dran, zu ihr hinüberzugehen und von Tamsin die Erklärung zu fordern, die Patrick ihr, wie sie wußte, niemals geben würde. Aber Tamsin war ersichtlich nicht zum Reden aufgelegt. Die Hände unterm Kinn geballt, schritt sie gesenkten Kopfes zum Haus zurück. Auch Joan ging heim und brachte die Kinder zu Bett. Als sie wieder herunterkam, war Denholm im Sessel eingeschlafen. Mit geschlossenen Augen und dem glatten rosigen Gesicht sah er Jeremy so ähnlich, daß sie nicht das Herz hatte, ihn aufzuwecken.

Edward Carnaby winkte ihr das ganze Stück bis zum Parktor, aber Tamsin brachte nicht mal ein Lächeln zustande. Ihr war gar nicht gut, und sie hielt sich nur mühsam auf den Beinen. Als sie vorm Haus anlangte, hörte sie Queenie bellen; ein kurzes Kläffen, gefolgt von einem Winseln, das nach einigen Sekunden verstummte. Tamsin wußte, was das bedeutete: Patrick hatte den Hund draußen angebunden, bevor er irgendwen besuchte.

Sie ging ins Balkonzimmer hinauf. In die dünne Staubschicht auf dem Toilettentisch hatte Patrick mit spitzem Finger »pfui« geschrieben. Sie warf sich aufs Bett und blieb mit dem Gesicht ins Kissen gedrückt regungslos liegen.

Eine halbe Stunde später hörte sie Schritte auf der Einfahrt. Zuerst dachte sie, es wäre Patrick, aber die Fußtritte wurden nicht vom dumpfen Tappen der Hundepfoten begleitet. O Gott, sagte sie erstickt, ich muß es ihm sagen . . . sonst verkündet Patrick es morgen abend auf der Party.

Die Türen waren nicht versperrt. Nichts hinderte ihn hereinzukommen. Aber er begnügte sich mit dem zwischen ihnen verabredeten Klopfsignal. Wie würde er reagieren, wenn er alles wußte? Vielleicht konnte sie Patrick doch noch umstimmen. Sie steckte die Finger in die Ohren und wünschte, er würde endlich gehen. Als er wieder und wieder pochte, schien es ihr, er müßte durch Glas und Holz und Stein ihr Herzklopfen hören.

Schließlich gab er auf.

»Verdammt!« klang es von unten herauf, ehe sich eilige Schritte aufs Tor zu entfernten. Das Schloß schnappte nicht richtig ein, und das Tor schlug unentwegt gegen den Pfosten. Tamsin ging ins Gästezimmer hinüber, wo die Männer das Paket deponiert hatten. Beim Aufknüpfen des Bindfadens brach sie sich die Fingernägel ab, aber sie weinte zu sehr, um es zu bemerken.

3

Kaum etwas schmerzt die Eigenliebe mehr, als sich selber auf Heimlichkeiten zu ertappen, die man von Rechts wegen nicht nötig haben sollte. Oliver Gage war ein stolzer Mann und hatte, während er um die Villa herumschlich und das verabredete Klopfzeichen gab, das Gefühl, daß man ihn zum Narren hielt.

»Verdammt!« sagte er, diesmal aber leise.

Anscheinend war sie mit *ihm* ausgegangen. Man hatte Druck auf sie ausgeübt. Nun, um so besser ... offenbar hatte sie den Boden vorbereitet. Morgen auf der Party würde er sich erklären.

Er trat den Rückzug an und war zu einem demütigenden Umweg gezwungen, bevor er seinen Wagen fand, den er abseits von der Hauptstraße geparkt hatte. Als er zum zweitenmal an diesem Abend in Linchester einfuhr, benutzte er die übliche Route durchs Parktor und stellte den Wagen vor seiner Garage ab. Wie immer bei der Heimkehr überkam ihn ein Gefühl heroischer Selbstverleugnung und unverdienter Schmach. Oliver bewohnte eines der größten Häuser in Linchester, aber ihm war es zu klein. Er verabscheute es bereits. Wenn er am Freitagabend übers Wochenende aus London herüberkam, drehte sich ihm beim Anblick des Hauses jedesmal der Magen um, weil es ihn stets von neuem an sein Mißgeschick erinnerte. Denn je älter Oliver wurde, desto kümmerlicher wurden seine Häuser. Mit seinem Einkommen hatte das nichts zu tun. Als kaufmännischer Leiter einer großen Tageszeitung verdiente er weit über siebentausend Pfund, aber nur ein Drittel dieser Summe gelangte in seine eigene Tasche. Der Löwenanteil wanderte auf dem Umweg über ein Heer von Anwälten, Bankdirektoren und Sachwaltern auf das Konto zweier abgehalfterter Ehefrauen.

Als er Nancy heiratete – die hübsche übermütige Nancy! – und dieses, sein bis dato kleinstes, Haus bezog, vergaß er für einige Monate seine drückenden finanziellen Verpflichtungen. Wie sagt doch der Dichter? Raum ist in der kleinsten Hütte für ein glücklich liebend Paar. Inzwischen war der erste Überschwang verflogen, und Oliver erkannte, daß die Götter gerecht sind und sich seiner Schwächen als Werkzeug bedienten, um ihn zu plagen.

Er schloß die Tür auf und legte das Schlüsselbund auf den Garderobentisch zwischen die Trachtenpuppe und die Likörflasche, die Nancy mit Hoteletiketten beklebt und in eine Lampe umgewandelt hatte. Es war das erstemal in seiner langjährigen Karriere als mehrfacher Ehemann, das ihm zwei solche Kitschobjekte zugemutet wurden. Obwohl er sie scheußlich fand, duldete er sie stillschweigend, weil er sie als Symbol der ausgleichenden Gerechtigkeit betrachtete.

Aus dem Wohnzimmer war das Rattern von Nancys Nähmaschine zu hören. Das Geräusch fachte seinen Groll zu Weißglut an. Er stieß die Mattglastür auf und ging hinein. Die Luft im Raum war abgestanden und stickig; sämtliche Fenster waren fest verrammelt und die Gardinen schlampig zugezogen, eine Nachlässigkeit, die ihn auf die Palme brachte. Diese Gardinen hatten ihn siebzig Pfund gekostet!

Seine Frau – bei sich selbst pflegte er sie seine derzeitige Frau zu nennen – nahm den Fuß vom Tritt, mit dem sie den Elektromotor bediente, und strich sich das Haar aus dem schweißfeuchten Gesicht. Heftfäden und Stoffitzel hingen an ihrem Kleid und bedeckten den Boden. Sogar in ihrem Gliederarmband hatte sich ein Baumwollfetzen verfangen.

»Großer Gott, das ist ja eine Backofenhitze hier drinnen!« Oliver riß die Terrassentür auf und starrte grimmig zu Bernice Greenleaf hinüber, die frisch und adrett im Nachbargarten umherspazierte. Als sie ihm zuwinkte, zwang er sich zu einem steifen Lächeln. »Was treibst du eigentlich, um Himmels willen?« fragte er Nancy.

Sie zog zwei zusammengepfuschte Bahnen roter und schwarzer Seide unter der Nadel hervor. »Ich nähe mir ein Kleid für Tamsins Party.«

Oliver ließ sich schwer in einen Sessel fallen, wobei die Smyrnabrücke unter seinem Fuß wegrutschte. (»Wenn wir uns für Parkett entscheiden, Darling«, hatte Nancy gesagt, »brauchen wir nur ein paar Brücken und sparen eine Menge Geld.«)

»Das geht mir über den Horizont«, sagte Oliver. »Hab ich dir nicht am Dienstag einen Scheck über zwanzig Pfund gegeben mit der ausdrücklichen Weisung, dir davon ein Kleid zu kaufen?«

»Also . . .«

»Ja oder nein? Das ist alles, was ich wissen möchte. Die Frage ist ganz leicht zu beantworten.«

Nancys putziges Babygesicht zuckte. »Lausbubengesicht« hatte er's früher zärtlich genannt und ihr verliebt mit dem Finger über die Stupsnase, die runden Wangen, die blonden flaumigen Brauen gestrichen.

»Also, Darling, ich mußte doch neue Schuhe und Strümpfe haben, weißt du. Und dann war da noch die Milchrechnung . . .« Ihre Stimme schwankte. »Aber ich fand glücklicherweise diesen Stoffrest und das Schnittmuster hier . . .« Sie hielt ihm schüchtern einen Umschlag hin. Oliver betrachtete düster drei unwahrscheinlich schlanke hochgewachsene Frauen in hautengen röhrenförmigen Baumwollkleidern. »Hübsch, nicht wahr?«

»Nein, gar nicht«, erwiderte Oliver kalt. »Du wirst scheußlich aussehen und mich blamieren. Tamsin sieht immer wundervoll aus.«

Sobald die Worte heraus waren, bereute er sie. Das war nicht der richtige Zeitpunkt für eine Aussprache. Nancys Unterlippe bebte; ihr Gesicht schwoll an, als wäre sogar ihre Haut allergisch gegen seinen Unwillen.

»Tamsin hat eigenes Geld.« Die Tränen stürzten hervor. »Ich wollte bloß sparen. Ich denke immer nur daran, wie ich unsere Ausgaben einschränken kann.«

»Weine nicht, Nancy! Es tut mir leid, wirklich.« Sie plumpste von ihrem Stuhl auf seinen Schoß, und er nahm sie unlustig in die Arme; dieser Widerwille war Bestandteil seiner ehelichen Erfahrungen und stellte sich stets ein, wenn die Liebe nachließ. Buchstäblich alles an ihr war schweißfeucht und klebrig und unerträglich heiß.

»Ich drehe jeden Penny dreimal um, Darling. Ich muß immer dran denken, wieviel von deinem Geld Jean und Shirley jeden Monat bekommen. Und dazu noch die zwei Buben im Internat in Bembridge . . .« Oliver runzelte die Stirn. Er wurde nicht gern daran erinnert, daß er es sich nicht leisten konnte, seine beiden Söhne aus erster Ehe nach Marlborough zu schicken. »Und wo Shirley immer so geldgierig ist und Jennifer unbedingt auf eine Privatschule schicken muß, obwohl die staatlichen Schulen heutzutage so gut sind.«

»Was weißt *du* denn schon davon?« sagte Oliver.

»O Darling, warum hast du bloß so reizlose Frauen geheiratet! Andere Frauen wären schon längst wieder verheiratet. Es macht mich ganz krank. Zwei so katastrophale ... oder vielmehr tragische Ehen. Ich kann nachts nicht schlafen vor lauter Sorgen ...«

Die alte Leier ... das Klagelied, das sie an jedem Freitagabend anstimmte. Oliver ließ sie reden und angelte sich eine Zigarette aus der Dose auf dem Kaminsims.

»Und ich hab' auch nichts Besonderes für dich zum Essen«, fügte sie beinahe frohlockend hinzu.

»Dann gehen wir eben aus.«

»Du weißt genau, daß wir uns das nicht leisten können. Außerdem muß ich das blöde Kleid fertig machen.« Sie rutschte von seinem Schoß wieder auf den Stuhl vor der Nähmaschine.

»Das schlägt dem Faß den Boden aus«, sagte Oliver. Nancy, eifrig damit beschäftigt, einen zu großen Ärmel in ein winziges Armloch einzupassen, überhörte seine Bemerkung. Sie sollte nie erfahren, daß Oliver seine zwei früheren Ehen mit eben diesen Worten beendet hatte. Ihm jedoch klangen sie fürchterlich in die Ohren, gleichsam wie die Posaunen des Jüngsten Gerichts. Wie würde das Urteil ausfallen? Würde er gezwungen sein, bei Nancy auszuhalten, bis der Tod sie schied? Bis vor kurzem hatte er sich so unwiderruflich wie der gläubigste Katholik an seine Frau gebunden gefühlt, weil noch eine dritte Scheidung für ihn unerschwinglich war. Es sei denn ... es sei denn, alles ginge nach Wunsch und er könnte eine Frau ergattern, die eigenes Vermögen hatte; eine schöne, reiche, elegante Frau ...

Er stelzte über die Läufer hinweg, diese kümmerlichen und keineswegs kostbaren Oasen inmitten der blankgebohnerten Parkettwüste, und goß sich einen reichlich bemessenen Drink ein. Dann setzte er sich und betrachtete sein und Nancys Spiegelbild in der Glaswand gegenüber. Ihre Klagen über die Reizlosigkeit seiner Ex-Frauen kamen ihm wie eine Verunglimpfung seines persönlichen Geschmacks und darüber hinaus sogar seiner äußeren Erscheinung vor. Aber nun, beim Anblick seiner selbst, erkannte er die krasse Ungerechtigkeit ihrer Vorwürfe. Jeder Fremde, dachte er bitter, jeder, der zufällig hier hereintrat, würde Nancy mit dem fettigen Wuschelhaar, dem erhitzten schweißglänzenden Gesicht für die Reinemachefrau halten, die bei der Näherei aushalf. Er hingegen mit dem glatten dunklen Kopf, den scharf geschnittenen und doch empfindsamen Zügen, der nervigen Hand, die das blutrote Glas hielt . . . Mit einem Wort, er war eigentlich zu schade für diese unkultivierte ländliche Einöde.

Nancy erhob sich und machte Anstalten, sich auszuziehen. Sie wollte zwar nur das lumpige halbfertige Seidenfähnchen anprobieren, aber Oliver war zu erfahren, um nicht zu merken, daß sie ihn mit ihren koketten Schlängelbewegungen zu verführen suchte.

»Wenn du schon unbedingt im Wohnzimmer Striptease machen mußt, könntest du wenigstens die Gardinen vorziehen«, knurrte er.

Er stand auf, zog die Jalousien der Verandatür zu und danach die breiten bodenlangen Vorhänge an den Fenstern zur Straßenfront. Doch ehe die üppigen Stoffalten in der Mitte zusammenstießen, sah er durch den Spalt einen hochgewachsenen blonden Mann an seinem Gartentor vorbeischlendern, einen sommersprossigen Mann mit Hund, der zu seiner schönen reichen Frau heimkehrte . . .

Dieser flüchtige Sinneseindruck erweckte in ihm den brennenden Wunsch, daß wenigstens dies eine Mal alles glatt und zum Vorteil von Oliver Gage ausgehen möchte. Er verlor sich in Gedanken und Spekulationen, bis ihm jäh einfiel, daß es ganz gegen seine Absicht war, mit seiner Frau im Finstern zu bleiben. Schnell knipste er Licht an.

Sowohl draußen als drinnen war es stockdunkel, als Denholm aufwachte. Er blinzelte, fuhr sich übers Gesicht und streckte sich gähnend.

»Aah«, sagte er zu seiner Frau, »das hat gut getan.«

Eigentlich hatte sie ihm erst am folgenden Morgen davon erzählen wollen, aber das stundenlange Warten neben dem schlafenden Mann hatte ihre Geduld erschöpft. Er riß ungläubig die Augen auf, als sie ihm von ihrer Begegnung mit Patrick berichtete.

»Ach was, er hat dich bloß angepflaumt.«

»Nein, das hat er nicht. Ich hätte seine Andeutungen nicht ernst genommen, wenn du nicht in letzter Zeit so deprimiert gewesen wärst. Du hast Sorgen, nicht wahr?«

»Also, wenn du's unbedingt wissen mußt, es sieht momentan nicht gerade glänzend aus.« Sein Ton wurde ernst. »Irgend jemand versucht, die Aktienmehrheit unserer Firma an sich zu bringen.« Nur wenn er übers Geschäft sprach, vergaß Denholm den Clown zu spielen. »Es wird über einen Strohmann gemacht, und wir wissen nicht, wer dahintersteckt.«

»Aber Den«, rief sie, »das kann doch nur Patrick sein!«

»An uns ist er nicht interessiert. Selby stellt Glas her, und wir Chemikalien.«

»Und er ist es doch, sag ich dir. Er hat mit Harwell abgeschlossen und will jetzt dich schlucken. Und die Entscheidung liegt bei ihm. Die anderen sind nur . . . wie nennt man das gleich . . . stille Teilhaber.«

Sie würde damit herausrücken, die groteske Furcht, die sie schon den ganzen Abend über peinigte, in Worte fassen müssen. »Weißt du, was ich glaube? Ich glaube, es ist pure Gehässigkeit von ihm, weil du den Hund neulich geschlagen hast.«

Der Stich hatte gesessen, doch noch immer war er nicht ganz überzeugt, der Bruder Lustig, die freundliche Seele. »Du bist doch ein regelrechter alter Miesepeter, Joan.« Aber als er nach ihrer Hand griff, fühlten sich seine Finger kalt und zittrig an. »Du redest, wie du's verstehst. Geschäftsleute reagieren nicht so.«

Oder doch? Sein Einfluß in der Firma war mit dem Anwachsen seiner Familie stetig zurückgegangen. Wie weit konnte er sich auf die Loyalität all der Smith-Kingschen Onkel und Vettern verlassen? Würden sie ihre Anteile verkaufen, wenn der Anreiz groß genug war?

»Ich kenne die Menschen, und ich kenne dich«, sagte Joan. »Dir geht es nicht gut, Den. Die Nervenbelastung ist zu viel für dich. Ich wollte, du würdest Dr. Greenleaf konsultieren.«

»Mach ich«, versprach Denholm. »Ich nehm ihn morgen abend beiseite und sprech mit ihm.«

»Mir ist die Lust auf die Party total vergangen.«

Denholm hingegen freute sich darauf. Selbst, wenn die Party ungemütlich war und es nicht genug zu trinken gab, würde es ihm wenigstens einen Abend lang erspart bleiben, um zehn das Baby zu füttern, Susan vor dem Zubettgehen eine Geschichte zu erzählen und Jeremy zu bändigen, der nie vor elf einschlief.

»Gott sei Dank haben wir einen Babysitter.« Er seufzte, als von oben die Stimme seines Sohnes ertönte, der Wasser trinken wollte.

Joan ging zur Tür. »Du wirst mit Patrick reden müssen. Ich wollte, wir brauchten nicht hinzugehen.« Sie verschwand mit einem Glas Wasser die Treppe hinauf und kam mit dem Baby im Arm wieder herunter.

In dem Versuch, sie zu trösten, sagte Denholm blöde: »Kopf hoch, altes Mädchen. Kommt Zeit, kommt Rat.«

Als er seinerzeit mit Jean – oder später mit Shirley – verheiratet war, da konnte er es sich noch leisten, den Wagen waschen zu lassen. Nun mußte er's selber tun, mußte wie ein kleiner Angestellter in der Einfahrt herumhampeln und sich mit Wasser und Schwamm über einen Wagen hermachen, mit dem er sich genierte, in der verlagseigenen Tiefgarage aufzukreuzen. An diesem Morgen hatte die Autowäsche aber doch ihr Gutes gehabt, denn es war ihm gelungen, den Briefträger abzufangen und die Post an sich zu nehmen. Mit feuchter Hand tastete er nach dem Brief in seiner Hosentasche, dem Brief von seiner zweiten Frau. Er würde ihn unterschlagen, um Nancy keinen Anlaß zum Zetern zu geben. Diese Bettelbriefe waren ein beständiger Dorn in seinem Fleisch. Warum sollte seine Tochter nach Mallorca reisen, wenn es bei ihm nur für einen Urlaub in Worthing langte? Welch günstige Gelegenheit für das Kind, Oliver, aber sie – Shirley – könnte natürlich weder die Flugkosten noch die passende Garderobe für eine Siebenjährige aus eigenen Mitteln bestreiten; Jennifer wäre schließlich ebenso seine Tochter wie ihre – in Liebe, Shirley.

Er warf den Schwamm in den Eimer und beugte sich vor, um die Windschutzscheibe zu putzen. Jenseits der Hecke tauchte sein Nachbar auf und schob das Garagentor hoch. Obwohl Oliver den Arzt mochte, war er an diesem Morgen nicht zum Reden aufgelegt. Neid und Groll saßen ihm wie ein Kloß im Hals. Greenleaf hatte schon wieder einen neuen Anzug an! Außerdem ging das Gerede, daß sich der Arzt einen neuen Wagen gekauft hatte. Eine unerhörte Ungerechtigkeit, wenn man Greenleafs lumpige kontinentale Doktorwürde mit Olivers akademischem Grad in zwei Fächern verglich.

»Guten Morgen.«

Greenleafs Wagen stoppte vor Olivers Einfahrt, und Oliver war gezwungen, von seinem Nachbarn Notiz zu nehmen. Der Arzt hatte ein sehr unenglisches, fast orientalisches Gesicht mit schwarzen, eng beinanderstehenden Augen, Habichtsnase, dunkler Haut, einem breiten intelligenten Mund und dichtes krauses Haar.

»Oh, hallo«, sagte Oliver unfreundlich und richtete sich auf. Während er noch krampfhaft nach einem Gesprächsstoff suchte, kam Nancy aus dem Haus gerannt. Sie blieb stehen, als sie den Arzt erblickte, und lächelte gewinnend.

»Auf dem Weg zu Ihren Visiten? Wie scheußlich, wenn man am

Samstag arbeiten muß! Ich sag immer zu Oliver, er weiß gar nicht, wie gut er's hat.«

Oliver räusperte sich. Seine anderen Frauen hatten mit der Zeit gelernt, was sein Räuspern zu bedeuten hatte. Bei Nancy hingegen hatte das eine Ehejahr offenbar nicht dazu ausgereicht, und jetzt war es wohl nicht mehr der Mühe wert . . .

»Ich sehe Sie hoffentlich heute abend noch«, sagte der Arzt, bevor er weiterfuhr.

»Auf der Party? O ja . . .« Nancys Miene verdüsterte sich wieder. Sobald Greenleaf außer Hörweite war, fiel sie über ihren Mann her. »Sagtest du nicht, du hättest das Geschenk für Tamsin auf die Kredenz gelegt?«

Es schwante Oliver, daß eine Szene in der Luft lag. Er nahm den Eimer und ging ums Haus herum zur Küchentür. »Stimmt.«

»Hast du das hier für Tamsin gekauft?« Nancy fegte ins Eßzimmer und hielt ihm ein Parfümflakon unter die Nase. »›Nuit de Beltane‹? Eine solche Extravaganz ist mir noch nie vorgekommen! Aber wir haben's ja, wie?«

Die aufgeschlagene Illustrierte auf dem Tisch verriet Oliver, daß sie den Preis in dem Inserat nachgesehen hatte.

»Hier steht's!« Sie tippte auf das bunte Werbefoto. »Siebenunddreißig Shilling, sechs Pence!« Sie knallte die Zeitschrift zu und feuerte sie auf den Boden. »Du mußt verrückt sein!«

»Man kann schließlich nicht mit leeren Händen zu einer Geburtstagsparty gehen«, sagte Oliver begütigend. Wenn man nur genau wüßte, ob es sich überhaupt noch lohnte, Nancy bei Laune zu halten. Er beobachtete, wie sie den Glasstöpsel herauszog, daran schnüffelte und sich einen Hauch Parfüm auf den Handrücken tupfte. Dann wusch er sich in der Küche die Hände und machte die Hintertür zu.

»Eine Schachtel Pralinen hätte es auch getan«, sagte Nancy mürrisch. Sie hievte die Koffernähmaschine auf den Tisch. »Ich finde es einfach hirnverbrannt, ein so teures Geschenk für Tamsin zu kaufen, wo ich noch nicht mal ein anständiges Kleid für die Party habe.«

»O mein Gott!«

»Sobald's um Geld geht, fehlt dir jeder Sinn für das richtige Maß.«

»Behalt das Parfüm in Gottes Namen! Ich werde eben im Dorf ein paar Pralinen kaufen.«

Überglücklich flog sie ihm in die Arme. Oliver stopfte Shirleys

Brief vorsichtshalber noch tiefer in die Tasche.

»Darf ich wirklich, Darling? Ach, du bist ein Engel. Aber im Dorf kriegt man nichts Nettes. Du wirst nach Nottingham rüber müssen.«

Während er sich behutsam aus ihrer Umklammerung befreite, dachte er über die Rechenkünste seiner angeblich so sparsamen Frau nach. Zu den annähernd zwei Pfund für das Parfüm kam nun noch das Benzin für die Fahrt nach Nottingham und mindestens zwölf Shilling für die Packung Pralinen hinzu.

Nancy fing an zu nähen. Das Kleid sah inzwischen ganz passabel aus; die Gefahr einer Blamage war gebannt.

»Darf ich eintreten?«

Es war Edith Gavestons Stimme. Blitzschnell riß Nancy das Kleid unter der Maschine hervor, rollte es zusammen und stopfte es unter ein Sofakissen.

»Natürlich, kommen Sie nur herein, Edith.«

»Wie ich sehe, haben Sie sich unseren ländlichen Sitten angepaßt und lassen sämtliche Türen offen.«

Verschwitzt und reizlos in einer Nylonbluse und einem Tweedrock plumpste Edith aufs Sofa. Aus den tiefsten Tiefen ihres Einholbeutels förderte sie eine mit Blumen bestickte Basttasche zutage.

»Also, ich würde gern die Meinung eines jungen Menschen hören, der mit der Zeit geht.« Oliver, der zweiundvierzig war, machte ein verstimmtes Gesicht, aber die noch nicht dreißigjährige Nancy lächelte ermutigend. »Diese Tasche . . .«, ». . . eignet sich diese Tasche als Geschenk für Tamsin? Ich habe sie natürlich nie benutzt.« Sie unterbrach sich verwirrt. »Ich wollte sagen, sie ist natürlich absolut neu. Tatsache ist, ich hab' sie letztes Jahr aus Mallorca mitgebracht. Und jetzt sagen Sie mir bitte ganz offen: Ist sie ein passendes Geschenk?«

»Na ja, Tamsin kann sie ja nicht gut vor all den anderen Leuten zurückweisen«, sagte Oliver unhöflich. Die Erwähnung von Mallorca hatte ihn an den Brief seiner zweiten Frau erinnert. »Entschuldigen Sie mich.« Er ging hinaus, um den Wagen aus der Garage zu holen.

»Oh, ich finde, das ist ein wundervolles Geschenk«, gluckste Nancy begeistert. »Was sagt denn Linda dazu?«

»Sie sagt, es wäre spießig«, erwiderte Edith kurz. Der Verzicht ihrer Kinder auf die Lebensstellung, für die ihre Eltern sie erzogen hatten, schmerzte sie zutiefst. Linda, Absolventin von Heathfield, arbeitete bei Mr. Waller; Roger war nach einem Jahr von Oxford abgegangen und besuchte eine landwirtschaftliche Hochschule. Ihre Mutter beköstigte sie, gab ihnen Unterkunft, vermied es jedoch tunlichst, ihre mißratenen Sprößlinge vor anderen Leuten zu erwähnen.

Takt war nicht Nancys starke Seite. »Ich dachte, Sie hätten was gegen die Selbys –«

»Ich bin nicht nachtragend. Mit Tamsin stehe ich sehr gut.«

»Sicher ... aber nach allem, was Patrick ... ich meine, bei seinem Einfluß auf Roger wundert es mich ... ach, Sie wissen schon, was ich meine.«

Nancy bekam Angst vor ihrem eigenen Mut. Die Gavestons gehörten zur Oberklasse, auch wenn sie keinen Landsitz mehr hatten. Ihr Haus war nicht größer als das der Gages, aber man brauchte Edith nur anzuschauen, um zu wissen, daß ihr Bruder in Chantflower Grange residierte. Vermutlich ging sie nur zu der Party, weil sie mit Crispin Marvell befreundet war.

»Patrick Selby hat sich sehr schlecht benommen«, sagte Edith. »Und noch dazu aus purem Mutwillen. In *seinem* Beruf ist er sehr erfolgreich und vollkommen glücklich.«

»Mir ist nie ganz klar geworden –«

»Er hat sich an meine Kinder herangemacht, meine Liebe, um sie gegen uns aufzuhetzen. Roger fühlte sich in Christ Church außerordentlich wohl. Aber dann kam Patrick Selby, als er eines Tages seinen Hund ausführte, mit Roger ins Gespräch, und da hat ihm Roger offenbar erzählt, daß er am liebsten Landwirt werden würde. Als ob ein grüner Junge von neunzehn schon eine Vorstellung davon hätte, was er mal werden möchte. Statt ihm gut zuzureden, sagte Patrick, er hätte in seiner Jugend das gleiche durchgemacht und könnte ihm nur raten, seiner Neigung zu folgen ... ohne Rücksicht auf die Wünsche seiner Eltern, ohne Rücksicht auf den armen Paul, der nun in Gaveston keinen Nachfolger hat.«

Nancy, die nach Klatsch förmlich fieberte, gluckste mitfühlend.

»Und dann mußte der dumme Bengel noch damit herauskommen, daß sich seine Schwester gern auf eigene Füße stellen würde ... verzapfte irgendwelchen Unsinn, daß wir sie nicht von zu Hause fortlassen. Und als hätte er noch nicht genug Unheil angerichtet, empfiehlt ihm doch dieser unmögliche Mensch, Linda solle in einem Laden arbeiten, bis sie das Alter hätte, um Krankenpflege zu lernen. Ich weiß nicht, was Patrick sich dabei dachte, aber mir scheint, er war nur darauf aus, Unfrieden zu stiften. Paul war wütend; er hat Patrick gehörig Bescheid gesagt, das können Sie mir glauben.«

»Hat es was genützt?«

»Natürlich nicht. Eltern haben ja heutzutage nichts mehr zu melden.« Edith seufzte. »Und was die Party anbelangt, so kann man sich seine Nachbarn schließlich nicht aussuchen. Man muß mit ihnen auskommen, so gut es eben geht.«

Es sah Oliver ähnlich, dachte Nancy, daß er sich ausgerechnet diesen Moment aussuchen mußte, um hereinzukommen und alles zu verpatzen.

»Falls du dein Scheckheft suchst«, sagte sie unschuldig, »so liegt's auf dem Plattenspieler. Du könntest übrigens auch gleich meine Sandalen abholen.«

»Ach, fahren Sie etwa ins Dorf?« Edith erhob sich zielstrebig.

»Nein, nach Nottingham.«

»In die Stadt? Das trifft sich ja günstig. Da können Sie mich gleich mitnehmen.«

Jenseits zweier Äcker und eines Waldstreifens saß Crispin Marvell in seinem Wohnzimmer bei einem Glas Rharbarberwein und schrieb an seiner Geschichte der Abtei Chantefleur. An manchen Tagen fiel es ihm leicht, sich zu konzentrieren; dieser Tag gehörte nicht dazu. Einen Teil des frühen Morgens hatte er damit verbracht, sein Porzellan abzustauben, und seitdem schweifte sein Blick immer wieder zu den Tassen in der Vitrine und den Tellern an der Wand hinüber, deren warme satte Farben in neuem Glanz erstrahlten. Wie vieler Freuden hatte er sich beraubt, weil er dies bißchen Frühjahrsputz so lange aufgeschoben hatte. Der Gedanke verdroß ihn beinahe. Dann schrieb er weiter.

»Der ursprüngliche Bau hatte einen Lichtgaden von Rundbogenfenstern und ebensolche Fenster in der Außenwand der Seitenschiffe. Nur, wer die in Frankreich noch erhaltenen Zisterzienser-Abteien kennt, kann sich einen Begriff machen von der Wirkung des –«

Er hielt seufzend inne. Betört durch seine eigenen Kunstschätze hätte er um ein Haar »des matten Schimmers auf dem Apfel« geschrieben. Na, und wenn schon! Er beschäftigte sich bereits seit zwei Jahren mit der Geschichte von Chantefleur; da fielen ein paar Monate mehr oder weniger kaum ins Gewicht. An einem so herrlichen Tag war eigentlich nichts wichtig. Morgen würde es vielleicht regnen. Er schaute sich den Teller noch ein letztes Mal an, fuhr mit dem Finger zärtlich über die Wölbung des Apfels und ging dann in den Garten hinaus.

Marvell bewohnte ein Haus, in dem vormals die Gemeindearmen untergebracht worden waren. Genaugenommen waren es vier durch eine gemeinsame Terrasse verbundene Häuschen, die er in einen niedrigen langgestreckten Bungalow umgewandelt hatte. Die Außenwände waren zum Teil weiß verputzt, zum Teil aus rosa Backstein; das Hohlpfannendach war nun alt und wellig, aber von der Hand eines Könners geschaffen.

Er schlenderte ums Haus herum. Dank den Bienen, die in drei weißen Kästen im Obstgarten wohnten, hatten die Bäume gut angesetzt; in diesem Jahr hatten sie nicht geschwärmt, und er hoffte das Beste. Es hatte sich gelohnt, einen ganzen Tag auf das behutsame Herausschneiden von Weiselzellen zu verwenden und dafür ein halbes Chantefleurkapitel zu opfern. Er setzte sich auf die Bank. Hinter der Hecke auf den Wiesen unterhalb von Linchester wurde Heu gemacht. Er konnte das Rattern der Mähmaschinen hören, das und das Summen in den Bienenstöcken. Sonst war es still.

»Manche Leute haben's gut.«

Marvell sah sich um und grinste. Max Greenleaf kam nach seinen Visiten oft um diese Zeit herauf.

»Kommen Sie und leisten Sie mir Gesellschaft.«

»Unten kann man vor lauter Wespen nicht im Garten sitzen.« Greenleaf beäugte die Flechten auf der Bank und dann seinen dunklen Anzug. Er hockte sich vorsichtig auf die Kante.

»In Linchester gab es immer viele Wespen«, sagte Marvell. »Sie ruinierten jede Gartenparty, die meine Mutter veranstaltete.« Greenleaf sah ihn mißtrauisch an. Als österreichischer Jude wurde er den Verdacht nicht los, daß die Klasse der englischen Grundbesitzer und der Kärtner Adel aus dem gleichen Holz geschnitzt waren. Marvell nannte es seinen Gettokomplex. »Die Wespen sind konservativ, wissen Sie . . . die haben sich noch nicht dran gewöhnt, daß dort, wo vor fünf Jahren noch das alte Gutshaus stand, sich Industrielle ihre Villen hingestellt haben. Sie suchen immer noch Mamas Brandykirschen. Kommen Sie rein, Doktor, und trinken Sie was.« Marvell lächelte und setzte frotzelnd hinzu: »Ich habe nämlich heute früh eine Flasche Met aufgemacht.«

»Ein Whisky mit Soda wäre mir lieber.«

Wie immer rannte Greenleaf mit dem Kopf gegen den niedrigen Türbalken, der die Legende »1722 – Andreas Quercus fecit«

trug. Es ging ihm über den Verstand, warum sich Marvell ausgerechnet diese alte Bruchbude gekauft hatte. Das Landleben, Blumen, Gartenbau, Bienenzucht, Ackerbau – all das war für Greenleaf ein Buch mit sieben Siegeln. Er war ein eingefleischter Stadtmensch und erst aufs Dorf verschlagen worden, als er die gutgehende Praxis seines Schwagers in Chantflower übernahm. Auf die Frage, weshalb er in Linchester wohnte, hätte er vermutlich geantwortet, der guten Luft wegen oder weil ein Arzt für seine Patienten jederzeit erreichbar sein müßte. Außerdem wurden die Schattenseiten des Landlebens durch ein komfortables Haus mit sämtlichen modernen Errungenschaften einigermaßen aufgewogen. Diese Schattenseiten zu bejahen, sie in Gestalt von Senkgruben, verschmutzten Feldwegen und Insektenfressern geradezu willkommen zu heißen, wie Marvell es tat – das machte seinen Gastgeber zu einer Kuriosität, zu einem psychologischen Studienobjekt.

Schattenseiten des Landlebens? Der unselige Vorfall von heute morgen war ein typisches Beispiel dafür.

»Mir ist gerade eben ein Patient gestorben«, sagte er. Sein österreichischer Akzent kam stärker durch als sonst – für Marvell ein sicheres Zeichen dafür, daß der Arzt verstört war. »Es war zwar nicht meine Schuld, aber . . .«

»Wie ist es passiert?« Marvell zog die Vorhänge so weit zu, daß nur ein dünner Sonnenstrahl über die schwarzen Eichenbohlen fiel. Die Uhr aus Chelsea-Porzellan mit dem winzigen Zifferblatt und den üppigen Figurinen des Sultans und seiner Konkubine schimmerte matt im Dämmerlicht.

»Einer von den Grubenarbeitern. Eine Wespe setzt sich auf sein Frühstücksbrot, und er ißt sie versehentlich mit. Dann geht der Trottel wieder an die Arbeit. Kurz darauf hat man mich verständigt, aber bevor ich hinkam, war er schon erstickt.«

»Hätten Sie ihm helfen können?«

»Falls man mich rechtzeitig geholt hätte, ja. Die Schwellung innen im Hals hat die Luft abgeschnürt.« Das Thema wechselnd fügte er hinzu: »Wie ich sehe, haben Sie geschrieben. Kommen Sie gut voran?«

»Einigermaßen. Ich habe mein Porzellan abgestaubt, und das hat mich etwas aufgehalten.« Er nahm den olivfarbenen Teller mit dem plastisch herausmodellierten Apfel von der Wand und reichte ihn dem Arzt. »Hübsch, nicht?«

Greenleaf drehte ihn verwundert zwischen den kurzen dicken

Fingern. »Wozu ist so ein Ding gut? Essen kann man davon doch nicht, oder?« Da ihm jeder Schönheitssinn abging, beurteilte er alles nach seinem Gebrauchswert. Dieser Teller war völlig nutzlos. Sein Leibgericht – marinierte Heringe mit Salzgurken und Krautsalat – konnte man von ihm nicht essen, weil sich die Reste unter den Apfelblättern festklemmen würden.

Marvell lachte. »Sein Zweck ist rein dekorativ, und dabei fällt mir ein . . . kommen Sie auch zu Tamsins Party?«

Der Arzt nickte. »Falls man mich nicht in letzter Minute abruft.«

»Sie schickte mir eine ziemlich pompöse Karte. Tamsin macht so was immer im großen Stil.« Marvell räkelte sich in voller Länge auf seinem Sessel. Die Bewegung war jugendlich und das Licht schummrig. Greenleaf, der sich in punkto Alter selten täuschte, schätzte Marvell auf Anfang Fünfzig, obwohl die feinen Linien um Augen und Mund im Halbdunkel nicht sichtbar waren, und sich die wenigen weißen Haare zwischen den blonden verloren. Wirkt vermutlich immer noch anziehend auf Frauen, dachte er.

»Eine Party nach der anderen . . . das geht ins Geld«, sagte er laut.

»Tamsin hat eigenes Vermögen, wissen Sie. Ihre Großmutter hat es ihr hinterlassen. Patrick und sie sind Vetter und Kusine ersten Grades; mithin war es auch seine Großmutter.«

»Aber Tamsin war der Liebling?«

»Da bin ich überfragt. Immerhin hatte er schon die Firma seines Vaters geerbt, und da fand die alte Dame wohl, daß er mehr als genug besäße.«

»Sie scheinen eine ganze Menge über die beiden zu wissen.«

»Ach, das hat sich so ergeben. Für Tamsin bin ich so eine Art Beichtvater. Bevor sie hierherzogen, wohnten sie in Nottingham, und in der ersten Zeit kam sich Tamsin auf dem Land geradezu verloren vor. Als ich vor dem Hausbesitzerverein von Linchester meinen Vortrag hielt, bombardierte sie mich hinterher mit Fragen, und seitdem bin ich für sie eine Kombination von Adoptivonkel, Kindermädchen und Auskunftsbüro.«

Greenleaf lachte. Marvell war der einzige Mann seiner Bekanntschaft, der Frauenarbeit tun konnte, ohne altjüngferlich zu wirken.

»Sagen Sie, macht es Ihnen denn gar nichts aus, Linchester in seinem heutigen Zustand zu sehen?« Bei seinem Interesse für das Gefühlsleben seiner Mitmenschen hatte sich Greenleaf schon oft gefragt, wie Marvell auf die radikale Umgestaltung seines väterlichen Landsitzes wohl reagieren mochte.

Marvell lächelte und zuckte mit den Achseln.

»Nein, eigentlich nicht. Ich bin heilfroh, daß ich das alte Haus nicht instandhalten muß. Feudaler Grundbesitz hat sich überlebt. Außerdem machen mir die Einladungen aus einem ganz bestimmten Grund Spaß: ich verlustiere mich nämlich damit, in etwa auszutüfteln, wo ich mich gerade befinde.« Als Greenleaf ihn verständnislos ansah, fügte er hinzu: »Wenn ich zum Beispiel bei Tamsin bin, sage ich mir, bis hierher ging früher der Wallgraben und dort war der Küchengarten. Da, wo die Gages heute wohnen, waren übrigens früher die Stallungen.« Er grinste plötzlich. »Das soll natürlich keine Anzüglichkeit sein. Es ist ja nur ein Denkspiel.«

»Na, ich danke. Mir wird ganz blümerant, wenn ich an mein Haus denke.«

»Oh, das hat eine erstklassige Lage. Vaters Bibliothek und ein Stück vom Treppenhaus.«

»Ich glaub Ihnen kein Wort davon«, sagte der Arzt und fügte schüchtern hinzu: »Jedenfalls freut es mich, daß Sie das Ganze so leicht nehmen.«

»Sie müssen nicht denken, daß ich jedesmal, wenn ich nach Linchester komme, in einer rührseligen *›recherche du temps perdu‹* schwelge.«

Greenleaf war nicht gänzlich überzeugt. Er trank seinen Whisky aus und besann sich etwas verspätet auf den eigentlich Zweck seines Besuches.

»Und was macht der Heuschnupfen?« fragte er.

Obschon der Arzt Marvells Hinweis auf Proust nur unvollkommen verstanden hatte, war er sich doch wenigstens über den Sinn der Worte im klaren. Bei Edward Carnaby hätte es nicht einmal dazu gereicht. Sein Französisch befand sich noch im Anfangsstadium.

Jo-jo monte. Il est fatigué. Bonne nuit, Jo-jo. Dors bien!

Er sah vor sich hin und übersetzte die Stelle ins Englische. Komischer Text für einen erwachsenen Menschen, dachte er. Immerhin war's französisch. Wenn es in diesem Tempo weiterginge, würde er in einem Jahr Simenon lesen können.

Bonjour, Jo-jo. Quel beau matin! Regarde le ciel. Le soleil brille.

Edward schlug im Lexikon das Verb *brille* nach.

»Ted!«

»Was ist, Liebes?« Komisch, aber er ertappte sich in letzter Zeit immer wieder dabei, daß er seine Schwester »Liebes« nannte. Sie hatte in jeder Beziehung außer einer den Platz seiner Frau eingenommen. Sex fehlte, aber an seine Stelle waren Freiheit und Sorglosigkeit getreten. Das Leben mit Free war zwangloser.

»Wenn ihr zwei, Cheryl und du, pünktlich euren Lunch haben wollt, mußt du was gegen die Wespen unternehmen, Ted.« Freda kam ins Zimmer marschiert, frisch, adrett, weiblich in einem Baumwollkleid mit einer rüschenverzierten Schürze darüber. Er freute sich darüber, daß sie statt Mittagessen Lunch gesagt hatte. Linchester brachte Freda allmählich Lebensart bei.

»Ist gut, ich mach's lieber gleich, dann hab ich's hinter mir.« Er klappte das Lexikon zu. *Briller* – glänzen, glühen, strahlen. Ganz genauso war ihm selbst zumute. Er strahlte vor Genugtuung und Vorfreude. *Edouard brille,* dachte er und lachte laut heraus. »Ich hab das Zeug nämlich noch jemand anderem versprochen.«

»Wem?«

»Der großmächtigen Mrs. Selby, wenn du's unbedingt wissen mußt. Bin ihr gestern abend zufällig begegnet, und sie war geradezu begeistert von mir. Bestand darauf, daß ich zu ihrer Party komme.« Einer Ehefrau hätte man so etwas nicht sagen können. »Ich konnte einfach nicht ablehnen.«

Freda sank auf einen Stuhl.

»Und das soll ich dir glauben? Du kennst Tamsin doch gar nicht.«

»Tamsin! Das ist allerhand. Seit wann seid ihr zwei so vertraut miteinander?«

»Und was ist mit mir? Wo bleibe ich?«

»Schau mal, Free, einer muß sich doch um Cheryl kümmern.«

Ihre Augen füllten sich mit Tränen. Nach allem, was geschehen war, nach all der Liebe, den Versprechungen, den wunderbaren Abenden. *Seine* Schuld war es natürlich nicht. Es war schließlich Tamsins Party. Aber ausgerechnet Edward einzuladen!

»Kein Grund zur Aufregung. Sie sagte, ich könnte jemand mitbringen. Bloß, wer kümmert sich um Cheryl?«

»Mrs. Staxton«, sagte Freda eifrig. »Sie hat's mir schon ein paarmal angeboten.« Angesichts seiner zweifelnden Miene sprudelte sie ungestüm hervor: »Ich will auf die Party gehen, Ted! Das ist mein gutes Recht. Ich hab' mehr Recht darauf als du.«

Hysterie war bei Freda etwas ganz Neues.

»Wovon redest du eigentlich?« Sie war sein Zwilling; er spürte ihren Gefühlsaufruhr, konnte fast ihre Gedanken lesen. Ihn überkam ein quälendes Unbehagen, und beklommen fiel ihm ein, wie Mrs. Selby an ihm vorbei zum Teich hinübergestarrt hatte, wie zugeknöpft sie plötzlich gewesen war, nachdem er seinen Namen genannt hatte.

»Freda!«

Nun kam alles heraus, und Edward hörte verstört und verärgert zu. Mit seiner guten Laune war es vorbei.

5

Ketten kleiner bunter Glühbirnen waren zwischen den Weiden aufgehängt. Am Abend würden sie vor dem dunklen Laubwerk der Eichen im Nachbargarten rot, grün, tiefblau und orangefarben erstrahlen.

Tamsin hatte das kalte Büfett und die Getränke vor den Wespen im Eßzimmer weggeschlossen. Obwohl sie den ganzen Tag über nur zwei Wespen gesehen hatte, machte sie vorsichtshalber auch die Fenster zu. Der Raum wirkte ordentlich und kahl. Funktional nannte es Patrick. Von ihm selber gründlich geputzt, während sich Tamsin unnütz im Hintergrund herumdrückte, befriedigte er sogar Patricks Perfektionssucht.

»Schließlich ist das ein Eßzimmer und keine Rumpelkammer«, belehrte er den Staubsauger mit strenger Stimme. Nachdem er sämtliche Geräte in der Besenkammer verstaut, Putz- und Staublappen ausgewaschen hatte, ging er stillvergnügt und selbstgefällig mit dem Hund spazieren.

Für eine Demonstration liebender Unterwürfigkeit war es mittlerweile zu spät. Tamsin zog sich um; sie hätte gern etwas Heiteres, Buntes angezogen, aber mit Rücksicht auf Patrick waren alle ihre Kleider in gedämpften Farben gehalten. Dann ging sie ins Eßzimmer hinunter und goß sich einen Whisky ein, den sie pur hinunterkippte, als ob es der letzte Drink in ihrem Leben wäre. Mündlich hatte ihr noch niemand zum Geburtstag gratuliert, aber sie hatte viele schriftliche Glückwünsche bekommen. Trotzig nahm sie die Karten aus der Schublade des Sideboards und stellte sie auf dem Kaminsims auf. Es waren etwa ein Dutzend – derb-komische (zerzauste Hausfrau inmitten von Geschirrbergen), konventionelle (eine Familie von Dartmoorponys), künstlerische (eine Landschaft von Turner); und dann noch eine mit einer versteckten Botschaft, deren spezielle Bedeutung nur der Empfängerin und dem Absender bekannt war. Sie trug keine Unterschrift, aber Tamsin wußte, wer sie geschickt hatte. Hastig zerknüllte sie die Karte, weil Bild und Text mit ihrer kühlen Anmaßung ihr Elend nur noch verschlimmerten.

»Herzlichen Glückwunsch zum Geburtstag, Tamsin«, sagte sie übertrieben laut und hob das Glas. Gern hätte sie es zerschmettert, hätte es am liebsten an Patricks kahle weiße Wand gefeuert, weil mit dem heutigen Tag ein neues Leben für sie begann. Der Drink war ein Symbol für das alte Leben und ebenso das teure, schmiegsame silbergraue Kleid, das sie anhatte. Sie stellte das Glas sorgsam ab – alte Gewohnheiten haben ein zähes Leben –, betrachtete die Kartenparade auf dem Kaminsims und kämpfte mit den Tränen. Denn eigentlich hätte da noch eine Karte stehen müssen, größer und kostbarer als die anderen, von nüchterner Eleganz und mit der Aufschrift »Meiner geliebten Frau«.

Patrick war immer pünktlich. Er kam auf die Minute genau um sieben zurück, um zu baden, sich zu rasieren und das Badezimmer mustergültig sauber zu hinterlassen. Unterdessen hatte sie das Glas gespült, abgetrocknet und in der Kredenz auf seinen Platz gestellt. Sie hörte, wie die Badezimmertür zugezogen und der Schlüssel von innen umgedreht wurde. Patrick hielt auf Formen.

Tamsin wurde von einer beinahe selbstmörderischen Verzweiflung gepackt. In einer Stunde oder so würden die Gäste eintrudeln und von ihr eine heitere Miene erwarten, weil sie jung und reich und schön war, und weil sie Geburtstag hatte. Ein paar Minuten draußen im Garten würden ihr vielleicht guttun und sie auf andere Gedanken bringen. Sie holte sich einen Korb und ging mit Queenie auf den Fersen zu den Johannisbeersträuchern hinunter. Während sich der Hund in die Sonne legte, begann Tamsin die reifen weißen Beeren zu pflücken.

»Ich will wenigstens für ein Weilchen versuchen, fröhlich zu sein«, sagte sie zu sich oder vielleicht auch zu Queenie.

Um dreiviertel acht läutete Edward an der Haustür der Villa Eden. Freda, die nie etwas anderes las außer einmal wöchentlich ihr Frauenmagazin, hatte irgendwo die Phrase »am Boden festgebannt« aufgeschnappt, und genauso war ihr zumute, wie sie da schreckensbleich und voll banger Ahnungen auf den sauber gefegten weißen Steinen stand.

Niemand kam an die Tür. Freda beobachtete ihren Bruder neidisch. Er brauchte sich nicht mit dem Problem herumzuschlagen, was er mit den Händen anfangen sollte, die plötzlich viel zu groß und verschwitzt waren und haltsuchend herumfummelten; er konnte sich an der braunen Tüte mit dem Wesprit festhalten.

»Probieren wir's lieber an der Hintertür«, sagte er widerborstig.

Eine klösterliche Stille. Beim Quietschen der schmiedeeisernen Pforte fuhr Freda erschrocken zusammen. Sie wanderten um das Haus herum und machten beim Patio halt. Der Garten lag vor ihnen, gleichsam erwartungsvoll, in gelassener Bereitschaft, aber nicht wie für eine Party. Er schien eher auf die Ankunft eines Fotografen zu warten, der Illustrierte mit den so beliebten Abbildungen idealer englischer Heimstätten versorgte. In der vorletzten Nummer hatte Freda Fotos von genauso einem Garten gesehen, weite frisch gemähte, hell- und dunkelgrün gestreifte Rasenflächen und Büsche, deren Blätter aussahen, als wären sie einzeln abgestaubt worden. Am anderen Ende der Terrasse waren Tische, Korbsessel und Liegestühle bereitgestellt. Freda wurde es leichter ums Herz, aber das Geräusch von Wasser, das hinter ihr durch ein Fallrohr gurgelte, machte ihre schüchterne Freude sofort wieder zunichte. Immerhin wenigstens ein Lebenszeichen.

Man hätte glauben können, Garten und Haus wären gar nicht bewohnt, sondern bis zu diesem Augenblick unter Glas konserviert worden. Da sie nicht imstande war, ihren Eindruck in Worte zu fassen, sagte sie verzagt: »Es ist noch niemand da. Du mußt dich im Datum geirrt haben.«

Er verzog das Gesicht, und sie fragte sich erneut, warum er überhaupt gekommen war, was er sagen oder tun würde. War es brüderliches Mitgefühl oder seine Bewunderung für Tamsin . . .?

»Du wirst doch nichts verraten, oder? Du darfst mich nicht blamieren, Ted.«

»Ich hab' dir doch schon gesagt, daß ich mich selber davon überzeugen will, wie der Hase läuft, und in was für eine Patsche du dich gebracht hast. Ich kann dir nichts versprechen, Free.«

Die Zeit schien stillzustehen; der geleckte Garten verschwamm vor Fredas Augen. Dann erscholl endlich hinter den Weiden ein vertrautes Blaffen – Queenie. Edward zuckte zusammen und ließ die Spraydose fallen, als der Hund durch eine Hecke brach und dicht vor den beiden Carnabys stoppte. Freda stieß ein Schluchzen aus, ein unheilschwangerer Laut, unter dem Edward förmlich zusammenschrumpfte. Seiner künstlich aufgepumpten Courage ging die Luft aus. Er klaubte die Dose auf und hielt sie schützend vor sich hin.

»Komm, Queenie!« Freda streckte die Hand aus. »Stell dich nicht an. Ich bin's doch bloß.«

Als der Hund schweifwedelnd näherkam, um die ausgestreckten Finger zu lecken, öffnete sich die Gartenpforte. Der Mann, der hereinschlenderte, trug Flanellhosen und ein grünes Hemd, und Edward wurde schmerzlich klar, daß sein Sportsakko (Harristweed zu herabgesetztem Preis) total aus der Mode war.

»Guten Abend.«

Der Mann hatte in der einen Hand ein in Zeitungspapier gewikkeltes flaschenförmiges Päckchen, in der anderen einen riesigen Strauß Rosen. Die Rosen waren prachtvoll mit halb aufgeblühten Knospen; und von den Stengeln waren die Dornen abgeknipst.

»Ich glaube, wir kennen uns noch nicht. Ich heiße Marvell.«

»Angenehm.« Edward klemmte die Wespritdose unter den linken Arm und schüttelte die dargebotene Hand. »Das ist meine Schwester, Miss Carnaby.«

»Wo sind die anderen?«

»Keine Ahnung«, sagte Freda schmollend. »Bevor Sie kamen, dachten wir schon, wir hätten den falschen Tag erwischt.«

»O nein, heute ist Tamsins Geburtstag.« Er schob Queenie von sich weg, lächelte plötzlich und winkte. »Da drüben steckt sie ... in meinen Johannisbeeren! Entschuldigen Sie mich.«

»Also, wenn das der sogenannte gute Ton ist, dann verzichte ich gern darauf!« sagte Freda.

Sie folgte ihm mit den Augen, als er den Gartenpfad entlangschritt, und dann sah sie mit einemmal Patricks Frau. Tamsin tauchte wie eine silbrige Fee aus dem Gesträuch empor, lief Marvell entgegen und küßte ihn auf die Wange. Sie kamen zusammen zurück, wobei Tamsin ihr Gesicht in den Rosen vergrub.

»Die wundervolle dunkelrote, das ist Josephine Bruce«, hörte Freda sie sagen. »Virgo, schneeweiß; Superstar, scharlachrot; und diese grandiose Schöne hier ... das ist Peace. Wie du siehst, hab' ich meine Lektion gelernt, Crispin.«

Tamsin stieg zur grau-golden geplättelten Terrasse hinauf und legte den Rosenstrauß auf einen Tisch. Der Schäferhund tollte um sie herum.

»Ach, und Met hast du mir auch mitgebracht! Wie lieb von dir, Crispin.«

Edward hustete. »Verzeihung«, sagte er.

»Ach, du liebe Güte, was bin ich doch für ein Flegel!« rief Marvell zerknirscht. »Tamsin, meine Liebe, hier sind noch zwei Gäste.«

Hinterher, im Rückblick, begriff Freda, daß Tamsin wirklich nicht mehr wußte, wen sie vor sich hatte. Und dabei hatte sich Edward auf die vornehme Bekanntschaft so viel eingebildet! Tamsins Gesicht wurde ausdruckslos und beinahe häßlich; ihre großen dunklen Augen weiteten sich; sie berührte eine Rose, die sie noch immer in der Hand hielt, mit den farblosen Lippen, während sie die beiden Carnabys nachdenklich betrachtete.

»Jetzt fällt's mir wieder ein! Der Mann, der die Abendkurse besucht.«

Freda hätte sich am liebsten in das sprichwörtliche Mauseloch verkrochen. Und sie wäre vom Fleck weg ausgerissen und heimgerannt, wenn Edward sie nicht am Arm zurückgehalten hätte. Nun schubste er sie vorwärts, stellte sie zur Schau wie ein Sklavenhändler seine menschliche Ware.

»Das hier ist meine Schwester. Sie sagten doch, ich könnte jemanden mitbringen.«

Tamsins Gesicht verhärtete sich und glich mehr denn je einer afrikanischen Maske ... Freda mußte an das Foto von der ägyptischen Königin denken, das sie in der Schankstube auf der Southwell Road gesehen hatte.

»Na schön, jetzt wo Sie hier sind, müssen Sie auch was zu trinken bekommen. Wo ist Patrick?« Sie schaute zu den offenen Fenstern des Obergeschosses hoch. »Patrick!«

Edward streckte ihr mit einem krampfhaften Ruck die braune Tüte entgegen.

»Ein Geschenk? Wir furchtbar nett von Ihnen.«

Sie fischte die Spraydose heraus und kicherte ... als ob sie hysterisch oder betrunken wäre, dachte Freda.

»Nicht direkt ein Geschenk«, sagte Edward kläglich. »Wir hatten doch ausgemacht, daß ich etwas früher kommen sollte ... wegen der Wespen ... oder haben Sie's vergessen ...«

»Ach ja, natürlich. Aber ich hab' heute nur ein paar gesehen. An die Wespen wollen wir jetzt nicht denken.« Als sie schwungvoll die Tür aufschob, mußte Patrick unmittelbar dahintergestanden haben. Nun trat er – lächelnd, nach Badesalz duftend, gelassen –, auf die Terrasse heraus. »Da ist mein Mann endlich.« Sie faßte ihn unter und blickte strahlend in die Runde.

Tamsin fing an zu zittern. Sie spürte, wie sie abwechselnd rot und blaß wurde, wie ihr Gesicht brannte. Ihre Hand tastete nach Patricks Hand, und sie schöpfte Mut und Zuversicht aus dem vertrauten festen Druck und aus der Berühung mit seinem kalten Siegelring. Herzklopfend beobachtete sie Edward, als die Reihe an ihn kam, aber es ging alles glatt. Edward war restlos demoralisiert und starrte Patrick dumpf an.

»Was ist das denn?« Patrick schüttelte Tamsins Hand ab, griff nach der Spraydose und las das Etikett.

»Sieht das auf meinem Geburtstagstisch nicht einfach gräßlich aus?« Tamsin verstaute die Dose wieder in der Tüte und drückte Edward das Päckchen in die Hand. »Hier, und passen Sie gut drauf auf, Süßer. Wir möchten doch nicht, daß sich was von dem Zeug in die Getränke verirrt, oder?«

Greenleaf und Bernice trafen lange nach den übrigen Gästen ein. Er war zu einer Nierenkolik gerufen worden und erst gegen acht wieder zu Hause eingetroffen. Glücklicherweise nörgelte seine Frau niemals, sondern vertrieb sich die Wartezeit stillvergnügt mit einer Patience.

»Ich ziehe meine Kamelhaarjacke an«, erklärte Greenleaf. »Mir egal, wie ich darin aussehe. Ich bin schließlich kein Dressman.«

»Sie steht dir sehr gut, Liebster ... und wer möchte schon ein Dressman sein?«

Einträchtig und gut gelaunt zogen sie los. Sie kürzten über die Grünfläche ab und machten ein Weilchen am Teich halt, um die Schwäne zu beobachten. Dann gingen sie Hand in Hand weiter.

»Na, endlich«, sagte Denholm Smith-King, als sie auf der Terrasse aufkreuzten. »Ich hab' Joan eben gefragt, ob denn kein Doktor im Haus ist.«

»Ha, ha«, erwiderte Greenleaf mechanisch, »das ist hoffentlich nur ein Witz. Ich bin hergekommen, um mich zu amüsieren.« Er begrüßte Tamsin. »Alles Gute zum Geburtstag. Nett von Ihnen, daß Sie uns eingeladen haben. Und was ist das?« Er zeigte auf den beladenen Tisch.

»Meine Geschenke ... Schauen Sie, Pralinen von Oliver und Nancy, eine bezaubernde Handtasche von Edith.« Tamsin hielt die Dinge der Reihe nach hoch, wobei sie das Lob auf die Basttasche mokant betonte. »Glasierte Maronen von Joan ... und was, glauben Sie, hat mir Crispin mitgebracht? Wein und Rosen. Ist das nicht allerliebst?«

Marvell tauchte hinter ihr auf und zitierte mit jungenhaftem Lächeln: »Dein Schatten, Cynara. Die Nacht ist dein ...«

»Ihr seid alle so gut zu mir. Und Bernice . . .« Sie packte das Parfümflakon aus, das Bernice ihr in die Hand gedrückt hatte. »Nein, ist's die Möglichkeit? Nuit de Baltane! Und gerade eben hab' ich zu Nancy gesagt, wie gut sie duftet. Stellt euch vor, sie benutzt das gleiche Parfüm. Vielen, vielen Dank!« Sie schwenkte einen schlanken braunen Arm, als hätte die Großzügigkeit ihrer Gäste sie überwältigt und völlig erschöpft.

Greenleaf zwängte sich in einen kleinen Korbsessel. Aus dem Eßzimmer erklang »Begin the Beguine«. Tamsin war von Oliver Gage zum Tanzen geholt worden.

»Falls Sie eine Minute Zeit haben«, sagte Denholm Smith-King. »Ich wollte Sie schon seit einer Ewigkeit fragen . . . Ich hab' da nämlich unter dem Arm so einen Knoten . . .«

Als Patrick dem Arzt einen Drink herausbrachte, unterbrach Denholm zu Greenleafs großer Erleichterung die Schilderung seiner Wehwechen. Er vergewisserte sich, ob sonst niemand in Hörweite war, und faßte Patrick nervös am Arm.

»Hören Sie, Patrick, alter Kumpel –«

»Nicht jetzt, Denholm . . . Geschäft und Vergnügen sind zwei Paar Stiefel.«

»In Ordnung, dann bis nachher, ja?«

Patrick beäugte die Kippen in Denholms Aschenbecher und zog arrogant eine Braue hoch. »Es wundert mich nicht, daß Sie eine Geschwulst haben, aber öden Sie meine Gäste nicht damit an, ja?«

Smith-King lief rot an. »Komischer Kerl . . . nimmt kein Blatt vor den Mund, wie?« Sobald Patrick verschwunden war, fand er seinen Gleichmut wieder. »Also, was diesen Knoten anlangt . . .«

Greenleaf gab sich zwar den Anschein, als ob er ihm aufmerksam zuhörte, behielt aber währenddessen die anderen Gäste im Auge.

Die meisten von ihnen waren seine Patienten, mit Ausnahme der Selbys und Gavestons, die zu Dr. Howard gingen. Aber im Moment sondierte er sie mehr vom psychologischen als vom medizinischen Standpunkt aus. Wie er oft zu Bernice sagte, war Menschenkenntnis ein wesentlicher Bestandteil seines Berufs.

Was beispielsweise die Carnabys betraf, so kamen die bei der Lustbarkeit nicht auf ihre Kosten. Sie saßen abseits auf zwei Liegestühlen auf dem Rasen und redeten nicht mal miteinander. Freda hatte ihr leeres Limonadenglas verschämt unter dem Stuhl versteckt; Carnaby drückte mit saurer Miene ein Päckchen an sich, das dem Einwickelpapier nach aus Wallers Apotheke stammte.

Weiter hinten bei den Johannisbeersträuchern dozierte Marvell vor Nancy und Joan über die entschwundene Pracht der einstigen herrschaftlichen Küchengärten. Obwohl Greenleaf in punkto Damenmoden wenig beschlagen war, fand er Nancys Seidenfutteral fehl am Platze und unkleidsam; es paßte nicht zu dem teuren Parfüm, in dessen Dunstkreis er geraten war, als sie vor Tamsins Geburtstagstisch standen. Und übrigens, warum hatte Gage so finster geschaut, als Bernice Tamsin ihr Flakon »Nuit de Baltane« überreichte?

Er tanzte noch immer mit Tamsin, und von den drei tanzenden Paaren paßten die beiden unstreitig am besten zueinander. Clare und Walter Miller schoben unbeholfen an Greenleaf vorbei und kamen dabei immer wieder aus dem Takt. Bernice war sehr gegen ihren Willen von dem alten Paul Gaveston aufgefordert worden, der sie steif von sich weghielt und mit Pokermiene über ihre Schulter starrte. Greenleaf schmunzelte. Gage hingegen hatte keine solchen Hemmungen. Er tanzte Wange an Wange und drückte Tamsin so fest an sich, daß ihre Körper zu verschmelzen schienen. Potztausend, dachte Greenleaf. Die Musik verstummte, und nach kurzer Pause brach ein Cha-Cha los.

»Die Sache ist nämlich die«, sagte Smith-King gerade, »daß der Knoten immer größer wird.«

»Ich werde ihn mir mal anschauen.«

Wie Greenleaf mit einer gewissen Erleichterung registrierte, hatte sich zu den drei anderen ein viertes Paar gesellt. Patrick war ein schwieriger Mensch, hatte aber auch seine gute Seiten. Es war nett, daß er sich der kleinen Carnaby erbarmt hatte und mit ihr tanzte, als ob es ihm wirklich Spaß machte.

»Dann mal los, Doc.« Smith-King traf Anstalten, als wollte er sich auf der Stelle entblättern.

»Aber doch nicht jetzt«, sagte Greenleaf abwehrend. »Kommen Sie im Lauf der nächsten Woche in meine Praxis.«

Die Sonne war untergegangen, und im Garten wurde es dunkel. Tamsin löste sich aus Gages Armen, um die Beleuchtung anzuschalten. Ohne das Dazwischenfunken seiner Frau, die auf die Terrasse marschierte und über die Mückenplage lamentierte, wäre er Tamsin gefolgt.

»Wie ich diese verflixten Biester hasse!« schimpfte Nancy, wobei sie sich an den Armen kratzte und Marvell wütend anstarrte. »Mich juckt's am ganzen Körper!«

Als hätten sie nur auf das Stichwort gewartet, legten Walter Miller und Edith Gaveston gleichzeitig mit Horrorgeschichten über Mückenstiche los. Joan Smith-King, auch ein Mückenopfer, peilte Greenleaf an, wie es Leute mit geringfügigen Beschwerden gewohnheitsmäßig tun, wenn bei Festivitäten zufällig ein Arzt zugegen ist. Er stand auf, um ihr neben ihrem Mann Platz zu machen, und merkte zu spät, daß Denholms Stuhl leer war. Smith-King unterhielt sich im Eßzimmer mit Patrick. Worüber die beiden sprachen, war nicht auszumachen, aber die unvermeidliche Zigarette hing in Denholms Mundwinkel und wippte auf und ab. Dann ließ er plötzlich deprimiert die Schultern sinken; Patrick lachte schneidend auf, wandte sich ab und ging in den Garten, wo eben die bunten Lichter aufflammten.

Greenleaf, der für romantische Knalleffekte nichts übrig hatte, blieb ruhig sitzen. Die Frauen hingegen stießen Entzückensschreie aus und überboten sich gegenseitig in Bewunderung; so eine Illumination war das Nonplusultra und zeugte von Geschmack und Reichtum.

»Freut mich, daß es Ihnen gefällt«, sagte Tamsin. »Uns gefällt es auch.« Patrick räusperte sich abweisend. Als er Fredas Hand ergriff und sie drückte, fand Greenleaf, daß Patrick seine Gastgeberrolle ein bißchen zu ernst nahm.

»Habt ihr alle was zu trinken?« Tamsin langte über den Tisch nach Marvells Glas. »Armer Crispin, deine Arme sind ja ganz zerstochen!«

»Hier gab's immer viel Mücken. Eigentlich wollte ich Zitronellöl mitbringen, hab's aber vergessen.«

»Wir haben welches. Ich hol es dir.«

»Nicht nötig, das kann ich selber. Du möchtest doch tanzen.«

Gage legte ihr bereits auffordernd den Arm um die Taille.

»Es ist im Gästebad ... im obersten Fach vom Medizinschränkchen.«

Joan Smith-King sagte neiderfüllt: »Ach, Sie haben zwei Badezimmer? Fabelhaft!«

Tamsin achtete nicht darauf. »Geh einfach durchs Gästezimmer«, sagte sie zu Marvell. »Du kennst ja den Weg.«

Ihr Augenausdruck erschreckte Greenleaf. Es kam ihm so vor, als spielte sie irgendein gefährliches Spiel. »Ich glaube, ich sehe Gespenster«, sagte er kopfschüttelnd zu Bernice.

»Unsinn, Liebling! Was meinst du eigentlich damit?«

»Ach nichts.«

Marvell kehrte mit einem Fläschchen zurück. Er hatte es schon entstöpselt und rieb sich mit dem Öl die Arme ein. »Schönen Dank, Madame Tussaud.«

»Du hast es also gefunden? Komm, tanz mit mir, Crispin.«

»Bedaure«, sagte er lachend. »Ich war in der Schreckenskammer und brauche unbedingt eine Stärkung.« Er goß sich einen Drink ein. »Ich finde, du hättest mich warnen müssen, Tamsin.«

»Was soll das heißen – Schreckenskammer?« Nancy machte große Augen; sie war erpicht darauf, die Stimmung wieder anzukurbeln und vor allem Oliver von Tamsin wegzulotsen. »Meinen Sie ein Zimmer, in dem es spukt?«

»So etwas Ähnliches.«

»Ach, erzählen Sie! Bitte!«

Plötzlich wirbelte Tamsin von Oliver fort und zu Marvell hinüber, faßte ihn bei der Hand und zog ihn hinter sich her.

»Kommt alle mit!« rief sie. »Kommt und guckt euch den Spuk an!«

Wie bei einer Polonaise marschierten sie paarweise in die Diele und die Treppe hinauf. Marvell mit dem Glas in der Hand und Tamsin führten den Zug an. Nur Patrick blieb zurück, bis Freda ihn unterhakte und ihm etwas zuflüsterte. Sogar King-Smith, sonst so schwer von Begriff, bemerkte Patricks Unbehagen.

6

Am hellen Tag oder bei Lampenlicht wäre der Eindruck wohl nicht so überwältigend gewesen. Aber so im Halbdunkel, an einem windstillen Abend, wo sich nicht einmal die Gardinen am offenen Fenster bewegten, war der erste Anblick schreckenerregend.

Marvell schnitt ein Gesicht. Die anderen Männer starrten; Paul Gaveston schnaubte; Smith-King stieß einen Pfiff aus und lachte dann schallend auf.

Die Frauen kreischten, hielten sich die Augen oder den Mund zu, aber nur Freda wirkte aufrichtig erschüttert. Greenleaf, neben dem sie stand, spürte, wie sie zusammenfuhr und sich vor Grauen schüttelte.

»Na, ich danke«, sagte Nancy. »Es wäre ganz und gar nicht mein Fall, nachts auf dem Weg zur Toilette der Dame im Dunklen gegenüberzustehen.«

Greenleaf empfand jähen Ekel. Von allen hier Versammelten war er der einzige, der einen vom Körper abgetrennten Kopf leibhaftig gesehen hatte. Das erstemal als Student in der Anatomie, das zweitemal bei der Autopsie eines Mannes, dem ein Zug den Kopf abgefahren hatte. Deswegen und aus anderen Gründen, die eng mit seiner Mentalität zusammenhingen, berührte ihn das Bild stärker und zugleich sehr viel weniger, als es bei den übrigen Gästen der Fall war.

Es war ein großes Bild, ein Ölgemälde in einem verschrammten Goldrahmen, das man aufrecht an die Wand gelehnt hatte. Greenleaf war ein Kunstbanause und hätte den Standpunkt vieler Leute, wonach sich sämtliche Lebensvorgänge – einschließlich des Todes – zur Darstellung in der Malerei eignen, nicht geteilt. Er verstand zwar nichts von Pinselführung oder Farbgebung, aber eine ganze Menge von Anatomie und sexueller Perversion. Deshalb war er in der Lage, die Sachkenntnis des Malers zu bewundern und eine Geistesbeschaffenheit zu bedauern, die Sadismus für ein unterhaltsames Thema in der darstellenden Kunst hielt. Greenleaf haßte Grausamkeit; die leidvolle jüdische Geschichte hatte ihm diesen Haß eingeimpft. Er schob die dicke Unterlippe vor, nahm die Brille ab und putzte die Gläser mit dem Taschenfutter seiner Strickjacke.

Darum entging ihm der Gesichtsausdruck des Mannes, der neben Freda Carnaby stand, der Gesichtsausdruck des Gastgebers und Hausherren. Aber er hörte das Stöhnen und den erstickten Ausruf.

»Aber schaut doch bloß, wie lüstern sie den gräßlichen Kopf anstarrt«, rief Nancy und faßte nach Olivers Hand. »Das Bild hat irgendeine historische Bedeutung, aber ich komme einfach nicht drauf.«

»Um so besser«, sagte ihr Mann ironisch.

»Was stellt es dar, Tamsin?«

»Salome und Johannes, der Täufer«, antwortete Marvell. Er war ans Fenster getreten, weil ihn Ziererei und Naivität anwiderten. Nun drehte er sich lächelnd um. »Allerdings hat sie der Maler im Kostüm seiner Zeit dargestellt. Die wirkliche Salome trug natürlich römische Tracht. Von wem ist das Bild, Tamsin?«

»Keine Ahnung.« Sie zuckte mit den Achseln. »Es gehörte meiner Großmutter, und da ich bei ihr aufwuchs, bin ich an das Bild gewöhnt. Als kleines Mädchen war ich geradezu verliebt in die schöne Dame. Kinder sind schon drollig, nicht wahr?«

»Aber Sie werden's doch nicht aufhängen, oder?« fragte Clare Miller.

»Vielleicht doch ... das weiß ich noch nicht. Als meine Großmutter vor zwei Jahren starb, hinterließ sie ihr gesamtes Mobiliar einer Freundin, einer gewissen Mrs. Prynne. Vor ein paar Monaten besuchte ich die alte Dame und machte natürlich von dem Bild furchtbar viel Aufhebens. Und da sagte sie, daß sie mir's zum Geburtstag schenken würde. Und jetzt steht's hier.« Tamsin kicherte. »Vielleicht häng ich's im Eßzimmer auf. Finden Sie nicht auch, daß es gut zu einem blutigen Steak passen würde?«

Alle hatten das Bild angesehen und sich dazu geäußert, auch wenn es bei dem einen oder anderen nur zu einem Laut gespielten Entsetzens gereicht hatte. Nur Patrick schwieg, und Greenleaf drehte sich verwundert zu ihm um. Unter den Sommersprossen war Patricks Gesicht kreidebleich, und als er endlich sprach, klang seine Stimme belegt und unwirsch.

»Nun haben Sie Ihren Jux gehabt, und jetzt ist Schluß der Vorstellung. Pardon!« Er schubste Edward Carnaby mit der Schulter rüde beiseite, zog die Tagesdecke von dem einen Bett und warf sie über das Bild. Doch sie blieb nicht hängen, sondern rutschte langsam hinunter und fiel zu Boden. Das Bild, wie durch einen herabgleitenden Vorhang allmählich enthüllt, schien plötzlich zu leben; Herodes Nichte tauchte mit laszivem Blick, halbgeöffneten Lippen, schwellendem Busen aus dem Dunkel und präsentierte lächelnd ihre Trophäe.

»Hure!« sagte Patrick.

Schockiertes Schweigen. Dann trat Tamsin vor, hob die Decke auf und verbarg Salome.

»Also, wirklich, das war nicht gerade höflich, Darling. Verstehst du denn keinen Spaß mehr?«

Smith-King scharrte unbehaglich mit den Füßen. »Es wird spät, Joanie. Zeit für die Heia.«

»Aber nein, es ist noch nicht mal zehn.« Tamsin haschte nach Patricks Hand, beugte sich zu ihm und küßte ihn flüchtig auf die Wange. Er rührte sich nicht und sah sie auch nicht an, bekam aber allmählich wieder Farbe. »Wir haben doch noch das kalte Büfett mit all den leckeren Sachen.«

»Hätte gegen was zu futtern nichts einzuwenden.« Smith-King rieb sich die Hände. Falls es ihm gelang, eine Szene zu vermeiden und Patrick milder zu stimmen, konnte sich das Blättchen noch wenden. »Essen und Trinken hält Leib und Seele zusammen.«

Patrick hatte seine Fassung wiedergefunden. Er machte auf den Fersen kehrt und marschierte würdevoll aus dem Zimmer und die

Treppe hinunter. Nach einem herausfordernden Blick auf Tamsin trottete Freda hinter ihm her.

»Die Nacht ist noch lang«, rief Tamsin. Ihr Benehmen war hektisch, und ihre Augen funkelten. Sie hakte Oliver unter, ergriff nachträglich Nancys Hand und schwenkte sie hin und her. »Laßt uns essen, trinken und fröhlich sein, denn morgen sterben wir!«

Sie gingen hinunter, und Tamsin tanzte an der Spitze des Zuges ins Eßzimmer. Entgegen Greenleafs Vermutung, daß sich Patrick an diesem Abend nicht mehr blicken lassen würde, trafen sie ihn auf der Terrasse, wo er stumm und mit verschlossener Miene die Tische deckte. Freda Carnaby sah ihm anbetend und unterwürfig dabei zu.

»Wie fanden Sie das?« Nancy plumpste auf den Stuhl neben Dr. Greenleaf. »*Ich* fand Patricks Benehmen unerhört. Wie kann man sich wegen eines Bildes so kindisch anstellen!«

»Der Kindheit Aug allein scheut den gemalten Teufel«, zitierte Marvell und reichte ihr eine Platte mit Räucherlachs.

»Unreif nenn ich so was«, sagte Nancy. »Ja, wenn's noch im Kino gewesen wäre ...! Ich geb' offen zu, ich hab' ein paar Horrorfilme gesehen, bei denen es mir furchtbar gegraust hatte. Nachts bin ich schreiend vor Angst aufgewacht, stimmt's nicht, Oliver?« Aber Oliver war außer Hörweite. Er saß, in ein ernstes Gespräch vertieft, mit Tamsin auf der Steinmauer.

»Vorsicht!« Greenleaf schlug Nancy das Stück Vollkornbrot mit Lachs aus der Hand.

»Eine Wespe«, erklärte er, als sie hochfuhr. »Sie hätten sie um ein Haar mitgegessen.«

»O nein!« Nancy sprang auf und schüttelte ihren Rock. »Wie gräßlich! Ich hab' solche Angst vor Wespen.«

»Alles in Ordnung. Sie ist weg.«

»Nein ... schauen Sie, da ist noch eine.« Nancy fuchtelte wild mit den Armen, als eine Wespe ihren Kopf umkreiste und sich auf einem Obsttörtchen niederließ. »Oliver, ich hab' eine im Haar!«

»Was ist denn los, um Himmels willen?« Tamsin erhob sich widerwillig und kam zum Tisch herüber. »Ach so, Wespen ... wie ärgerlich.« Sie pustete der kleineren Nancy leicht in die blonden Locken. »So ... jetzt ist sie fort.«

»Es war Blödsinn, im Freien zu essen«, sagte Patrick, »aber du wolltest es ja so.« Greenleaf fand den Vorwurf ungerecht, da Patrick derjenige gewesen war, der draußen gedeckt hatte. »Der pure

Unverstand«, fuhr Patrick fort. »Schau dir das an . . . es wimmelt geradezu von Wespen!«

Alle hatten die Stühle zurückgeschoben und ihre Teller halb leergegessen stehen gelassen. Die Wespen fielen in Schwärmen zuerst über das Obst und die Süßspeisen her; sie schienen im Sturzflug vom Himmel zu fallen, krabbelten bedächtig, aber zielbewußt von einem Leckerbissen zum anderen und blieben dort, wo es ihnen am besten schmeckte; ihr schwarzgestreifter Hinterleib zuckte, die durchsichtigen Flügel vibrierten.

Tamsin streckte die Hand nach einer Schale mit Petits fours aus, hielt jedoch mitten in der Bewegung inne. »Scher dich weg, du garstiges Biest! Patrick, tu doch endlich was!« Er stand dicht neben ihr, war ihr aber so fern wie nie zuvor. Gelangweilt und angeekelt sah er den Insekten bei ihrem Festmahl zu. »Schaff wenigstens die Speisen hinein.«

»Dazu ist es wohl zu spät«, sagte Marvell. »Im Eßzimmer sind sie nämlich auch schon.« Er spähte zum Dach hoch. »Irgendwo da oben muß ein Wespennest sein, weißt du.«

»Das überrascht mich gar nicht«, bemerkte Walter Miller, der die Villa nebenan bewohnte. »Ich hab' erst gestern zu Clare gesagt, paß auf, Clare, hab' ich gesagt, die Selbys haben ein Wespennest im Dach.«

»Und wie wird man das los?«

»Indem man sie tötet . . .« Edward Carnaby hatte seit der Ankunft, seit Tamsin ihn so schnöde behandelt hatte, mit keinem Menschen außer seiner Schwester gesprochen. Nun kam seine große Stunde. »Man muß sie vertilgen«, sagte er und stellte die Dose Wesprit mit Aplomb auf den Tisch. »Sie hätten's mich gleich tun lassen sollen.«

»Was denn, um Himmels willen?« Tamsin starrte verwundert auf die Spraydose. »Sprüht man sie damit an, oder wie?«

Edward holte tief Luft. Doch bevor er zu einer langatmigen Erklärung ansetzen konnte, warf Walter Miller hastig ein: »Sie werden jedenfalls eine Leiter dazu brauchen. In meiner Garage steht eine.«

»Richtig. Als erstes müssen wir das Nest ausfindig machen. Vielleicht hilft mir jemand dabei.« Marvell nickte und trat einen Schritt vor.

»Nein, Crispin, du nicht. Das ist Patricks Sache.« Tamsin rüttelte ihren Mann am Arm. »Wach auf, Liebling. Du kannst unseren Gästen nicht die ganze Arbeit überlassen.«

Einen Moment lang hatte es den Anschein, als wäre ihm nichts lieber als das. Er blickte störrisch von Marvell zu seiner Frau, wandte sich dann achselzuckend um und marschierte zur Gartenpforte, ohne auf Edward zu warten.

»Ein Wespenmassaker«, sagte Marvell. »Deine Partys sind einmalig, Tamsin.«

Als Patrick und Edward mit Millers Leiter zurückkehrten, hatten sich die anderen auf den Rasen geflüchtet, denn die Terrasse war von Wespen förmlich überschwemmt. Die Hauptmasse der Invasoren beherrschte das Feld, und die weniger glücklichen Nachzügler kreisten in der Luft, auf der Suche nach einem Landeplatz.

Edward lehnte die Leiter an die Hausmauer. Im Vollgefühl seines Heldentums grapschte er sich rasch ein Stück Kuchen vom Tisch und sprühte etwas Wesprit darauf. »Sie flitzen am besten ins Gästezimmer hinauf«, sagte er wichtigtuerisch zu Patrick. »Ich schätze, das Nest ist direkt überm Badezimmerfenster.«

»Wozu?« Patrick war erblaßt, und Greenleaf konnte sich denken, warum.

»Ich brauche doch Licht, oder etwa nicht?« Edward genoß die Situation.

»Und jemand muß mir das hier durchs Fenster reichen.« Er hielt das vergiftete Stück Kuchen hoch.

»Nein, *ich* steige die Leiter hinauf.«

Edward protestierte. Schließlich war doch er der Experte. Hatte er nicht bei sich drüben gerade erst einen Wespenschwarm erfolgreich vernichtet?

»Ach, Herrgott noch mal«, rief Tamsin gereizt, »ein schönes Geburtstagsfest, das muß ich schon sagen.«

Am Ende gab Edward verärgert nach und verschwand mit seinem Köder im Innern des Hauses. Marvell hielt die Leiter fest, und sobald es im Bad hell wurde, kletterte Patrick hinauf. Die Zuschauer auf dem Rasen beobachteten, wie sein Gesicht bleich und verkrampft im Licht auftauchte, und wie er nach beiden Seiten unter die Traufe spähte. Dann verkündete er in einem Anflug von Humor, seinem einzigen an diesem Abend: »Ich hab's gefunden, aber es ist anscheinend niemand zu Hause.«

»Sind alle auf der Party, schätz ich«, rief Edward. Entzückt darüber, daß auf dem Rasen jemand gelacht hatte, leckte er sich die Lippen und reichte Patrick das Stück Kuchen durchs Fenster. »Das Dessert«, sagte er.

Greenleaf, der zufällig neben Oliver Gage stand, war im Begriff, ihn anzureden, doch die sonderbar verzerrte Miene des Mannes brachte ihn davon ab. Gage starrte die Gestalt auf der Leiter unverwandt an; seine schmalen roten Lippen waren feucht, und er ballte und öffnete unentwegt die Hände.

»O Gott, was hat er bloß! Schauen Sie doch mal!« Nancy packte Greenleaf am Arm, und erschreckt sah er hoch.

Patrick krümmte sich und lehnte sich weit zurück; er schrie auf und hielt den rechten Arm schützend vors Gesicht.

»Er ist gestochen worden«, stellte Gage befriedigt fest, »und das geschieht ihm recht.« Er rührte sich nicht vom Fleck, während Greenleaf zu der Gruppe hinüberrannte, die sich um die Leiter drängte. Drei Wespen surrten um Patricks Kopf herum und versuchten offenbar immer wieder auf seine geschlossenen Augen herabzustoßen. Dann verschwand Edward vom Fenster, und das Licht im Bad ging aus. Patricks Silhouette hob sich dunkel vom klaren türkisfarbenen Himmel ab und kam Greenleaf wie eine Marionette aus zerknittertem schwarzen Papier vor, deren wild um sich schlagende Arme durch unsichtbare Drähte bewegt wurden.

»Kommen Sie runter!« brüllte Marvell.

»O Gott!« Patrick taumelte und knickte zusammen.

Eine Stimme rief: »Achtung, er stürzt!«, aber Patrick stürzte nicht, sondern rutschte auf dem Bauch, indem er sich von Sprosse zu Sprosse hinabhangelte, die Leiter hinunter, bis er Marvell in die Arme fiel.

»Sind Sie in Ordnung?« fragten Marvell und Greenleaf gleichzeitig und verscheuchten eine Wespe, die im Spiralflug auf Patricks Kopf zuhielt. »Hat es Sie schlimm erwischt?«

Patrick erschauerte und faßte sich mit der Hand an die Wange. Hinter Greenleaf wimmerte Freda wie ein Hundejunges, sonst war kein Laut zu hören. Im bunten Schimmer der Glühbirnen gafften alle wie gebannt gleich den Zuschauern in einer Stierkampfarena, wenn ein unbeliebter Matador zu Schaden gekommen ist. Die Feindseligkeit war fast mit Händen zu greifen, und das Schweigen machte sie noch bedrohlicher.

»Kommen Sie ...« – Greenleaf gellte die eigene Stimme wie eine Fanfare in den Ohren – »... wir bringen ihn ins Haus.« Aber Patrick riß sich los und stolperte ins Eßzimmer.

Außer Marvell, der in der Küche Kaffee machte, versammelten

sich alle in der Diele um Patrick, der sich in seinem Sessel zusammenkauerte und das Taschentuch gegen das Gesicht preßte. Er hatte mehrere Stiche abgekommen, unter dem linken Auge, am linken Handgelenk und Unterarm und in die rechte Armbeuge.

»Ein Glück, daß es so glimpflich abgegangen ist«, sagte Edward verdrießlich.

Patricks Auge war schon angeschwollen und halb geschlossen. Er sah Edward böse an und fauchte: »Verschwinden Sie!«

»Nicht streiten, bitte.« Freda hatte sich still und heimlich dicht vor Patrick auf eine Fußbank gesetzt und sich ebenso unauffällig seiner Hand bemächtigt. »Es ist auch so schon schlimm genug.«

»Herrje, was für ein Getue!« sagte Tamsin. »Pardon, aber ich glaube, was mein Mann jetzt am meisten braucht, ist frische Luft und Ruhe.«

Nach einem Blick auf die Uhr und seine Frau sagte Denholm Smith-King zum zweitenmal an diesem Abend: »Es wird spät, Joanie. Wir machen uns wohl am besten auf die Socken.«

Tamsin erhob keinen Einspruch, obwohl Marvell inzwischen den Kaffee hereingebracht hatte. Sie hielt Joan ungeduldig die Wange zum Kuß hin. »Ja, also, dann gute Nacht . . .«, sagte sie und begleitete das Ehepaar bis zur Tür.

»Kaffee, Nancy? Oliver?« Die Carnabys waren für sie nicht vorhanden. Oliver, der aufbruchbereit auf der Stuhlkante hockte, lehnte dankend ab.

»Vielleicht sollten wir auch lieber gehen.« Nancy, die insgeheim auf einen Protest hoffte, sah sich verzweifelt im Kreis um, begegnete aber nur versteinerten Mienen. »Haben Sie Bikarbonat da? Das hilft nämlich fabelhaft bei Wespenstichen. Als meine Schwester –«

»Na, komm schon, Nancy!« Oliver hievte sie grob hoch und schob sie vor sich her, ohne sich von den anderen zu verabschieden. Immerhin machte er an der Tür halt und drückte Tamsin die Hand. Der kurze Blickwechsel – wachsam von ihrer, voll schmerzlicher Enttäuschung auf seiner Seite – wurde nur von Greenleaf wahrgenommen. Dann folgte Oliver dem Beispiel seiner Frau und küßte Tamsin, wie es in Linchester der Brauch war, flüchtig auf die Wange.

Die Gavestons schlossen sich den Gages an, und sobald sich die Willises und Millers durch den Garten entfernt hatten, untersuchte der Arzt Patricks Auge und erkundigte sich, wie er sich fühle.

»Lausig.«

Greenleaf goß ihm eine Tasse Kaffee ein.

»Soll ich Dr. Howard verständigen, Max?« Tamsin wirkte weder besorgt noch erregt oder bekümmert, sondern einfach nur verärgert.

»Das wird nicht nötig sein.« Greenleaf wußte definitiv, daß Dr. Howard an diesem Wochenende keinen Sonntagsdienst hatte und deshalb ohnehin nicht zu erreichen war. »Man kann sowieso nicht viel machen. Allenfalls ein Antihistamin. Ich gehe rasch nach Haus und hole meine Instrumententasche.«

Bernice und Marvell begleiteten ihn, aber er kam ohne sie zurück. Die Carnabys waren noch da. Greenleaf wurde von brütendem Schweigen empfangen, als ob jeder von den vieren private Haßgefühle hätschelte.

Tamsin mache sich seine Rückkehr zunutze und sagte scharf: »Wird's nicht allmählich Zeit, daß Sie gehen?« Sie wandte sich an Edward, sah dabei aber Freda an.

»Tut mir leid, wenn wir *de trop* sind.« Edward errötete, brachte jedoch die mühsam eingelernte Phrase ohne zu stocken heraus. Freda blieb stur sitzen, bis Patrick sie knuffte, ihr einen derben Puff gab, der auf ihrem Arm ein rotes Mal hinterließ.

»Marsch nach Haus und ins Bett, mein Mädchen«, sagte er, woraufhin Freda gehorsam aufstand und ihren Rock glattstrich.

»Gute Nacht.« Patrick streifte hart an Edward vorbei, ohne von ihm Notiz zu nehmen, und wandte sich an der Tür kurz um. »Kommen Sie nachher rauf, Doktor?«

Greenleaf nickte.

Als er hinter Tamsin das Balkonzimmer betrat, lag Patrick bereits im Bett. Sein verschwollenes Gesicht war mittlerweile fast unkenntlich; man hätte meinen können, er hätte Mumps. Queenie hatte sich neben ihm zusammengerollt mit der Schnauze auf seiner Hand.

»Es wird Ihnen zu heiß werden mit dem Hund im Bett«, sagte der Arzt.

»Das ist kein ›er‹, sondern eine ›sie‹.« Patricks gesundes Auge sprühte vor Zorn, als Tamsin nach Queenis Halsband griff. »Na, meinetwegen, aber ich werde sowieso nicht schlafen. Ich fühle mich scheußlich.«

Greenleaf öffnete die Fenster zum Balkon. Die Luft war frisch und kühl und belebend nach der schwülen Hitze des Tages. Und hier gab es keine aufdringlich flatternden Vorhänge, sondern nur die weißen hygienischen Jalousien.

»Möchten Sie ein Schlafmittel?« fragte Greenleaf.

Aber Tamsin hatte eine Schublade des Toilettentisches aufgezogen und kramte darin herum. »Hier sind seine Tabletten. Als er letztes Jahr an Schlaflosigkeit litt, hat Dr. Howard sie ihm verschrieben.«

Greenleaf inspizierte das Fläschchen. Es enthielt noch sechs blaue Dragees. Natriumamytal, zweihundert Milligramm. »Er kann eine Tablette haben.«

»Eine genügt nicht.« Patrick hielt sich die dicke Backe, um den Schmerz zu lindern, den ihm das Sprechen verursachte. Tamsin, schlank und weiß und schemenhaft vor den schwarzen Glastüren des Kleiderschranks, nickte ernst. »Er hat immer zwei genommen.«

»Eine!« Greenleaf wollte nichts riskieren. Er öffnete seine Tasche und fischte ein Glasröhrchen heraus. »Und zusätzlich ein Antihistamin. Damit werden Sie schlafen wie ein Klotz.«

Patrick nahm die zwei Tabletten auf einmal mit Wasser, das Tamsin ihm brachte. »Danke«, sagte er. Tamsin wartete, bis der Arzt seine Tasche geschlossen und das Fläschchen mit den Dragees wieder in die tadellos ordentliche Schublade zurückgelegt hatte. Dann knipste sie das Licht aus.

»Bedanken Sie sich bitte nicht für die überaus gelungene Party«, sagte sie unten in der Diele zu Greenleaf.

Greenleaf schmunzelte. »Ich werd mich schwer hüten . . .«

Die Schwäne hatten sich im Schilf am Rande des Weihers längst zur Ruhe begeben. Im Wald zwischen Linchester und Marvells Haus schrie ein Käuzchen. Greenleafs kurzer gedrungener Körper warf im Mondlicht einen langen Schatten auf den Rasen. Während er auf die Villa Schalom zuging, wurde ihm plötzlich bewußt, wie müde er war.

Marvell hingegen war hellwach, als er durch den Wald nach Haus schlenderte und ab und an die Hand nach den feuchten bemoosten Baumstämmen ausstreckte. Viele Geräusche waren zu hören, seltsame wispernde, piepsende, scharrende Laute, die den Arzt erschreckt hätten. Marvell kannte sie von Kind an, war mit ihnen aufgewachsen. Es war nicht völlig dunkel, aber er hätte sich auch im Stockfinstern zurechtgefunden, denn jeder Baum war für ihn ein Wegweiser. Als er auf die Lichtung hinaustrat, erklang von fern her der Ruf der Nachtschwalbe. Marvell blieb lauschend stehen und seufzte.

Im Haus zündete er die Petroleumlampe an und absolvierte seinen abendlichen Rundgang von Zimmer zu Zimmer, um seine Schätze zu besichtigen. Das Porzellan in den Vitrinen und an der Wand flimmerte im Lampenschein auf und versank dann abermals im Dunkel. Einen Moment lang machte er vor dem Mezzotinto von Rievaulx halt; und weil es ihn an seine Abhandlung über Chantefleur erinnerte, stellte er die Lampe auf dem Fensterbrett ab und nahm sich sein Manuskript vor, um die zuletzt geschriebenen Seiten zu überlesen.

Rot und weiß am Fenster. Die gelblichweißen Blütenwirbel des wilden Geißblattes und daneben das blutrote Laub der Berberitze, schimmernd im Mondschein und im warmen Licht der Lampe. Marvell tat das Herz weh. Motten flatterten vor dem Fenstergitter; ein Totenkopf, gefolgt von einem Pappelschwärmer, taumelte ins Zimmer und tanzte um den Lampenschirm. Da er fürchtete, sie könnten sich die Flügel verbrennen, fing er sie in der hohlen Hand ein und beförderte sie hinaus. Er sah ihnen nach und stutzte. Es war jemand im Garten ... ein Phantom geisterte, weiß wie ein Nachtfalter, unter den Obstbäumen herum. Verwundert über den späten Besuch tappte er zur Haustür.

7

Am Sonntagmorgen stand Greenleaf um acht Uhr auf, machte am offenen Fenster ein paar Turnübungen und duschte. Gegen neun hatte er bereits die Zeitung überflogen und Bernice eine Tasse Kaffee ans Bett gebracht. Dann setzte er sich geruhsam, um seinen beiden Söhnen ins Internat zu schreiben.

Mit Störungen war kaum zu rechnen. Er hatte am vergangenen Wochenende Sonntagsdienst gehabt und beabsichtigte, einem wohlverdienten Nichtstun zu frönen. Um zehn erschien Bernice zum gemütlichen Frühstück, und sie unterhielten sich über die Jungen und den neuen Wagen, der hoffentlich rechtzeitig für die Ferien geliefert würde. Mit der letzten Tasse Kaffee zogen sie in den Garten um. Der Sitzplatz befand sich in Hörweite des Telefons. Aber als es läutete, überließ es Greenleaf seiner Frau, den Anruf entgegenzunehmen, weil das Gespräch nicht für ihn sein konnte.

Doch statt sich zu einem ausgiebigen Plausch am Apparat hinzupflanzen, kam Bernice postwendend zurück; ihre bestürzte Miene war außergewöhnlich, weil Bernice kaum je die Fassung verlor.

»Es ist Tamsin, Liebling. Sie möchte dich sprechen.«

»Mich?«

»Sie ist völlig durcheinander, wollte mir aber nicht sagen, was los ist.«

Greenleaf ging zum Apparat im Damenzimmer.

»Max? Hier ist Tamsin.« Zum erstenmal, seit Max sie kannte, verzichtete Tamsin auf ihr affektiertes Näseln. »Ich weiß, daß ich Sie heute eigentlich nicht stören dürfte, aber ich kann Dr. Howard einfach nicht erreichen.« Sie hielt inne, und er hörte, wie sie nervös an einer Zigarette zog. »Max, ich kann Patrick nicht wachkriegen. Er fühlt sich irgendwie kalt an. Ich hab' ihn gerüttelt und ... aber er wacht einfach nicht auf.«

»Wann war das?«

»Gerade eben. Ich hab' verschlafen und bin erst vor ein paar Minuten aufgestanden.«

»Gut, ich komme rüber.«

»Danke«, murmelte sie und legte auf.

Greenleaf machte sich mit der Instrumententasche auf den Weg, wobei er quer über den Rasen hinweg abkürzte. Nach Lage der Dinge neigte er zu der Auffassung, daß Patrick, von Schmerzen gepeinigt, die Schlafmitteldosis eigenmächtig erhöht hatte. Ich hätte die verdammten Tabletten an mich nehmen müssen, sagte er sich. Aber es stand ihm eigentlich nicht zu, die Patienten eines anderen Arztes zu schulmeistern. Dr. Howard hatte das Mittel verschrieben, und es war relativ ungefährlich ... es sei denn ... Es sei denn, Patrick wäre so unsäglich töricht gewesen, zusätzlich zu der einen noch *zwei* Tabletten einzunehmen. Greenleaf beschleunigte unwillkürlich das Tempo und setzte sich in Trab. Patrick war zwar noch ein junger Mann und allem Anschein nach gesund, aber *drei* ... und das Antihistamin. Und angenommen, er hatte in seinem Unverstand das ganze Röhrchen geschluckt?

Als Greenleaf die Einfahrt entlanggerannt kam, erwartete Tamsin ihn an der Haustür. Sie hatte sich nicht die Mühe gemacht, sich anzukleiden. Da sie sich aber auch sonst nie schminkte und das Haar immer schulterlang trug, wirkte sie nicht so reizlos und schlampig wie die meisten Frauen, mit denen es Greenleaf bei plötzlichen Krankheitsfällen zu tun hatte. Sie trug einen schlichten rosa und weiß gestreiften Morgenrock mit einer blendendweißen Halsschleife und silberne Riemchensandalen. Mit ihrer verängstigten Miene sah sie sehr jung und verwundbar aus.

»O Max, er ist so bleich und still ... und irgendwie schwer.«

»Bleiben Sie unten und machen Sie Kaffee, sehr starken schwarzen Kaffee.«

Während sie in der Küche verschwand, ging Greenleaf ins Schlafzimmer hinauf. Patrick lag mit sonderbar abgewinkeltem Kopf auf dem Rücken. Gesicht und Arme waren noch leicht verschwollen, aber nicht mehr gerötet, sondern wachsbleich. Greenleaf kannte diese fahle Blässe der Haut mit der körnigen Struktur von Pergament. Er fühlte den Puls, zog Patricks Augenlider hoch, drückte sie sanft wieder zu und seufzte tief. Alles nur reine Formsache, ein Ritual, das lediglich bestätigte, was ihm der erste Blick verraten hatte. Die Toten sahen so tot aus, als hätten sie nie gelebt.

Als er Tamsin auf der Treppe hörte, fing er sie auf dem Vorplatz ab.

»Kommen Sie hier herein, Tamsin.« Er öffnete die Tür zum Gästezimmer, wo sie am Abend zuvor das Gemälde besichtigt hatten. Das eine Bett war benutzt und die Decke zurückgeschlagen. »Möchten Sie sich nicht setzen?«

»Können Sie ihn denn auch nicht wachbekommen?«

»Ich fürchte«, er legte ihr freundschaftlich den Arm um die Schulter, »Sie müssen sich auf einen Schock gefaßt machen.« Als sie zu ihm aufsah, fiel ihm zum erstenmal die Größe ihrer Augen und deren aparte Farbe auf; Tönung und Transparenz erinnerten ihn an guten alten Sherry. »Patrick ist tot.«

Ihr glattes gebräuntes Gesicht veränderte sich nicht. Kein Aufschrei, keine Tränen. An das Kopfende des Bettes gelehnt, erschien ihre schlanke Gestalt wie erstarrt. Dann erschauerte sie und setzte sich auf.

»Warum?« sagte sie so leise, daß er sich lauschend vorbeugen mußte. »Ich meine, woran ist er gestorben?«

»Das weiß ich nicht.«

»Die Wespenstiche?«

Greenleaf schüttelte den Kopf. »Ich möchte Sie nicht noch mehr beunruhigen, aber was die Dragees anlangt, das Natriumamytal . . . wo ist es?«

Tamsin erhob sich wie eine Schlafwandlerin. »In der Schublade. Ich hole sie . . .«

Er folgte ihr ins Balkonzimmer. Als sie auf Patrick hinunterschaute, nahm Greenleaf an, sie würde ihn auf die Stirn küssen, wie es die Frauen in solchen Fällen meist taten. Doch sie wandte sich ab und ging zum Toilettentisch.

»Es sind noch fünf Tabletten in dem Fläschchen«, sagte sie und zeigte es ihm. Greenleaf war konsterniert, und sein Unbehagen wuchs.

»Ich werde Dr. Howard verständigen«, sagte er.

Howard war auf dem Golfplatz, aber Mrs. Howard versprach, den Klub anzurufen und ihren Mann so schnell wie möglich zu den Selbys zu schicken. Als Greenleaf ins Eßzimmer trottete, kniete Tamsin neben dem Schäferhund und hatte die Arme um seinen Hals geschlungen. Sie weinte.

»Ach, Queenie! Queenie!«

Der Raum war noch im gleichen Zustand wie am Abend zuvor. Auf dem Sideboard standen eine Batterie Flaschen und halbgeleerter Gläser; überquellende Aschenbecher, zerknitterte Papierservietten, ein angebissenes Sandwich. Draußen auf der Terrasse sah es noch wüster aus: Platten mit vertrocknetem Aufschnitt, geschmolzener Eiscreme, unappetitlich gewordenen Petits fours. Auf dem Geburtstagstisch lagen Marvells Rosen verwelkt inmitten der anderen Geschenke. Greenleaf goß Brandy in ein Glas und reichte es Tamsin.

»Wann ist er gestorben?« fragte sie.

»Vor zehn oder zwölf Stunden, schätze ich. Sie haben doch vor dem Schlafengehen noch bei ihm reingeschaut?«

»Natürlich.« Sie weinte nicht mehr.

»Es ist nicht wichtig. Wir können später darüber sprechen.«

»Sie sind sehr lieb, Max, aber es macht mir nichts aus, darüber zu reden.«

»Sie haben nicht in demselben Zimmer geschlafen?«

»Wenn einer von uns krank war, taten wir das nie. Ich wollte ihn nicht stören ... Ach, mein Gott!« Sie fuhr sich mit der Hand über die Stirn. »Als ich schlafen ging, da war er wohl schon ... Es ist nicht auszudenken, Max! Ich versuchte noch ein bißchen aufzuräumen, aber ich war zu müde dazu. Gegen Mitternacht schaute ich nach Patrick, und da atmete er noch, das weiß ich genau. Ich hab' geschlafen wie ein Klotz und wachte erst um elf Uhr vormittags auf. Und weil bei Patrick alles so still war, rannte ich rüber. Queenie war irgendwann in der Nacht in mein Zimmer gekommen.« Sie tastete nach dem Hund und vergrub die Hand in seinem dichten Fell. »Als ich Patrick nicht wachkriegen konnte, rief ich bei Dr. Howard an. Alles übrige wissen Sie ja schon.«

Patrick war gestorben, wie er gelebt hatte, dachte Greenleaf, korrekt, ordentlich, adrett, ohne jedes Aufsehens. Ihm war das Elend und der Unflat, die so manches Sterbebett begleiteten, erspart geblieben. Aus leichtem körperlichem Schmerz war er in den Schlaf und aus dem Schlaf unmerklich in den Tod geglitten.

»Haben Sie noch andere Schlaftabletten im Haus, Tamsin?« fragte er angelegentlich.

»Aber nein, ganz bestimmt nicht. Ich brauche keine, hab' nie welche gebraucht.«

»Hatte Patrick ein schwaches Herz? Hat er irgendwann mal über Herzbeschwerden geklagt?«

»Nicht, daß ich wüßte. Wir waren zwar nur sieben Jahre verheiratet, aber ich kenne Patrick von Kindheit an. Wir sind praktisch zusammen aufgewachsen. Sein Vater und meiner waren Brüder, wissen Sie.«

»Keine schweren Krankheiten?«

Ein Schmollen huschte über ihr Gesicht. »Er wurde in Deutschland geboren und lebte während des Krieges in den Vereinigten Staaten. Als seine Eltern nach England zurückkehrten, besuchten sie uns zuweilen mit ihm. Patrick war gräßlich verwöhnt, ein regelrechtes kleines Schoßhündchen. Sogar im Sommer zogen sie ihm Wollsachen an, und als ich schwimmen lernte, durfte er nicht mitmachen. Ich hab' mir das immer damit erklärt, daß sie so lange in Kalifornien gewohnt haben, wo es das ganze Jahr über warm ist.« Sie dachte stirnrunzelnd nach. »Als erwachsener Mann war er nie krank. Er ging nur ein einziges Mal zu Dr. Howard, weil er nicht schlafen konnte.«

»Ich fürchte, um eine offizielle Leichenschau oder zumindest eine Autopsie werden wir nicht herumkommen«, sagte Greenleaf.

Sie nickte. »Freilich, das ist ganz in Ordnung.« Ihr Ton war so sachlich, als ob es sich lediglich darum handelte, eine Verabredung rückgängig zu machen.

Übrigens kam es gar nicht zu einer Verhandlung. Greenleaf war bei der Obduktion anwesend, weil ihn der Befund interessierte, und weil die Selbys mit ihm befreundet waren. Patrick war wie die meisten Menschen an Herzversagen gestorben. Der Totenschein wurde ausgestellt und die Beerdigung anberaumt. Sie fand am Donnerstag auf dem Friedhof von Chantflower statt. Greenleaf und Bernice fuhren hinüber und nahmen Marvell im Wagen mit.

»Selig sind die Toten, die im Herrn sterben«, sagte der Pfarrer eine Spur sarkastisch, denn Patrick hatte, solange er in Linchester wohnte, nicht ein einziges Mal den Gottesdienst besucht.

Das Trauergefolge war klein. Patricks Eltern lebten nicht mehr;

Tamsin war seit ihrem vierten Lebensjahr Waise; und beide hatten keine Geschwister gehabt. Infolgedessen waren Verwandte am Grab nicht vertreten. Außer sämtlichen Nachbarn erschienen nur drei Freunde, um der Witwe ihren Trost zu spenden: die zwei Mitdirektoren von Patricks Glasmanufaktur und die alte Mrs. Prynne. Tamsin war in Schwarz mit einem riesigen schwarzen Florentiner und klammerte sich während der Trauerfeier an Olivers Arm. Nancy, die in ihrem dunkelgrauen Kammgarnkostüm fürchterlich schwitzte, hielt für Tamsin ein Taschentuch bereit, das jedoch nicht benutzt wurde, da die Witwe keine einzige Träne vergoß.

Zu einem kleinen Zwischenfall kam es erst, als der Sarg ins Grab gesenkt wurde. Freda Carnaby riß sich von Mrs. Staxton los und warf sich, laut schluchzend, neben der Grube auf die Knie. Wie er Greenleaf hinterher anvertraute, dachte Marvell, sie würde gleich Hamlet ins Grab hinunterspringen. Doch Mrs. Staxton half Freda ganz undramatisch auf die Beine und führte sie hinweg.

Als alles vorbei war, lud Tamsin zwei Koffer, Queenie und Mrs. Prynne in ihren schwarz-weißen Mini und fuhr auf und davon.

8

Zwei Tage später kam es zu einem Wetterumsturz durch ein grandioses Gewitter, bei dem ein Mann auf dem Golfplatz von Chantflower vom Blitz erschlagen wurde. Auf die schwüle Hitze folgte ein Dauerregen, der sich zum allgemeinen Gesprächsthema auswuchs. Auch die Hausfrauen in Linchester redeten von nichts anderem, bis die Unterhaltungen übers Wetter von einer lokalen und sehr viel spannenderen Neuigkeit abgelöst wurden.

Die jungen MacDonalds waren mit ihrem Baby nach Bournemouth gefahren; die Willises und Millers machten gemeinsam Urlaub auf den Kanarischen Inseln. Auch Tamsin hielt sich noch bei Mrs. Prynne auf. Angesichts von vier leeren Häusern in Linchester langweilte sich Nancy zu Tode. Wenn Oliver müde und unlustig am Wochenende heimkam, fand er seine wenigen freien Abende im voraus verplant.

An diesem speziellen Abend waren die Greenleafs und Crispin Marvell zum Cocktail eingeladen. Als Oliver in die Kredenz schaute, stellte er fest, daß sich Nancy mit billigem Zypernsherry und diversen undefinierbaren Spirituosen eingedeckt hatte, die sich durch auffällige Etiketten und knallige Farben auszeichneten. Er fluchte, klammerte sich an die letzten Reste seines Stolzes in

Erinnerung an den Glanz längst vergangener Tage.

Der Kaminsims war mit Ansichtskarten dekoriert. Den Ehrenplatz nahm ein buntes Inselpanorama von Clare Miller ein, wohingegen zwei einfarbige Strandfotos hinter eine Vase verbannt worden waren. Verärgert überflog er Sheila MacDonalds begeistertes Gekritzel. Obwohl Tamsin auch an der See war, hatte sie keine Karte geschickt . . .

Während er durchs Fenster in den Regen hinausstarrte, konnte er Nancy in der Küche mit Linda Gaveston plaudern hören. Ein monotones Gemurmel, das dann und wann von einer Lachsalve oder einem Ausruf unterbrochen wurde.

Oliver grunzte und steckte sich eine Zigarette an. Lindas Besuche waren ihm ein Dorn im Auge. Als Vorwand diente meist ein Riegel Seife oder ein Paket Kleenex, die Nancy bei Waller bestellt hatte, aber Nancy war hinterher immer ganz besonders ungenießbar, kratzbürstig und neiderfüllt. Es war allerdings erstaunlich, daß sich für einen Dorfdrogisten ein so reichhaltiges Lager an Luxuswaren auszahlte; Thermosflaschen, Teemaschinen, Heizdekken, Spiegelschränkchen, Badematten – alle diese Dinge waren Nancy von Linda im Laufe eines Jahres glühend empfohlen worden und erschienen ihr seitdem unendlich begehrenswert. Oliver gegenüber betonte sie jedoch immer die Wirtschaftlichkeit solcher Anschaffungen.

»Auf lange Sicht wäre es eine ungeheure Ersparnis«, pflegte sie von dem Krempel, der ihr ins Auge stach, zu behaupten, um ihn Oliver schmackhaft zu machen.

Am verlockendsten waren die teuren Kosmetika aus Paris und New York, die Waller in reicher Auswahl führte und die man angeblich weder in Nottingham noch in London bekommen konnte, weil er – laut Linda – deren Alleinvertretung hatte. Es war also kein Wunder, daß Oliver sich vor Lindas Besuchen mit ihren verheerenden Folgen für seinen häuslichen Frieden manchmal direkt fürchtete. Er war deshalb angenehm überrascht, als Nancy gutgelaunt und merkwürdig aufgekratzt ins Zimmer tanzte.

»Was ist denn in dich gefahren?«

»Nichts.«

»Für eine arme, grausam unterdrückte, jedes Vergnügens beraubte Hausfrau«, sagte er, eingedenk oft gehörter Klagen, »machst du aber einen sehr vergnügten Eindruck.«

Tatsächlich sah sie in dem weiten flotten Rock und dem rosa Angorapullover erstaunlich hübsch aus. Oliver, dessen Augen wohlgefällig auf ihren Wölbungen ruhten, merkte plötzlich, daß seine Frau eigentlich eine ausgezeichnete Figur hatte. Aber unter seinen scharfen Worten hatte ihre offene Miene etwas Verkniffenes bekommen.

»Linda hat mir etwas sehr Sonderbares erzählt.«

»So? Was ist es denn diesmal?«

Sie zog einen Flunsch. »Wenn du so mit mir redest, sag ich dir gar nichts.« Einen Moment lang sah sie genauso aus wie damals bei ihrer ersten Begegnung, als er sie beim Tanz mit ihrem Verlobten beobachtete. Sie dem anderen wegzuschnappen war ein solcher Spaß gewesen, zumal der Verlobte überdies noch Shirleys Cousin war. »Böser, böser Oliver! Ich werd mir meine Neuigkeit für die Greenleafs aufheben.«

»Auch, wenn ich sehr lieb zu dir bin?« fragte er schmeichelnd.

Nancy setzte sich neben ihn aufs Sofa und kicherte. »Du bist wirklich schrecklich! Das muß die Landluft sein.« Aber danach sagte sie nichts mehr, und Oliver vergaß alsbald seinen Ärger über Linda Gaveston.

Als Marvell an der Haustür schellte, hielt sich Nancy nicht damit auf, sich zu kämmen oder ihr Make-up zu erneuern. Sie hatte etwas von einer Bacchantin, wie sie den Gästen zerzaust und ungeniert entgegentänzelte. Oliver kam sich mit einemmal alt vor. Ihre naive Sinnlichkeit machte ihn verlegen. Er ließ die billigen bunten Flaschen in der Kredenz und versorgte die Gäste mit Getränken aus seinem eigenen Vorrat.

Greenleaf und Bernice hatten kaum Platz genommen, da sagte Nancy strahlend: »Hat irgendwer von Tamsin gehört?«

Allgemeines Kopfschütteln. Oliver bildete sich ein, daß Marvell ihn forschend ansah.

»Ihr ist wohl nicht nach Schreiben zumute.« Bernice war immer zur Nachsicht geneigt. »Und sie ist schließlich mit keinem von uns eng befreundet.«

»Worüber sollte sie denn auch schreiben?« fragte Greenleaf. »Sie ist ja nicht in den Ferien.« Und er begann über seinen eigenen für September geplanten Urlaub zu sprechen und erkundigte sich nach den Reiseplänen der Gages.

Das Thema kam Oliver ungelegen, aber er hätte sich nicht zu beunruhigen brauchen. Nancy war offenbar nicht gewillt, sich von ihrem Opfer so ohne weiteres ablenken zu lassen.

»Arme Tamsin!« Ihr Stoßseufzer übertönte die Stimme des Arztes. »Mit siebenundzwanzig schon Witwe. Nicht auszudenken!«

»Schrecklich«, echote Bernice.
»Und das noch dazu unter so . . . so merkwürdigen Begleitumständen.«
»Inwiefern?« fragte Greenleaf unwillkürlich.
»Ich meine nicht in pekuniärer Hinsicht.« Oliver zuckte peinlich berührt zusammen, aber Nancy plapperte hemmungslos weiter. »Das ganze Drum und Dran von Patricks Tod war irgendwie komisch. Sie werden mich bestimmt für sehr mißtrauisch halten, aber ich werde den Verdacht einfach nicht los, daß . . .«, sie legte eine dramatische Pause ein und nippte an ihrem Gin, ». . . daß an der Sache irgendwas faul war.«
Greenleaf bückte sich und zog den Läufer unter seinem Sessel gerade.
»Ich weiß nicht, ob ich darüber reden sollte«, fuhr Nancy fort, »aber Patricks Vater . . .«, sie senkte die Stimme, ». . . beging Selbstmord . . .«
»Ach du liebe Güte«, sagte Bernice friedlich.
»Wenn ich bloß noch wüßte, wer mir das erzählt hat.« Nancy griff nach einer Platte mit Appetithappen und hielt sie Marvell hin. Mit Verdruß stellte Oliver fest, daß die Lachsbrötchen nur mit einer halbierten Perlzwiebel dekoriert waren. »Irgend jemand hat's mir erzählt. Wer war es doch noch?«
»Ich«, sagte Oliver scharf.
»Ach ja, natürlich. Und dir hat's Tamsin erzählt. Warum wohl?« Mit gespielter Unschuld blickte sie von einem Gesicht zum anderen.
»Ich muß wohl sehr schwer von Begriff sein«, sagte Marvell, »aber ich kapiere nicht, was der Selbstmord von Patricks Vater mit dem Umstand zu tun hat, daß sein Sohn an Herzversagen starb!«
»Oh, nichts, absolut gar nichts. Sie dürfen nicht glauben, daß ich Patrick irgendwas nachsagen will. Aber ich finde, es gibt einem zu denken, oder etwa nicht?«
Oliver trank sein Glas aus und stand auf. Er hätte Nancy zu gern eins über ihr Lästermaul gegeben. Statt dessen sagte er obenhin: »Du langweilst unsere Gäste mit deinen Schauermärchen. Noch was zu trinken, Max? Bernice?« Marvells Glas war noch voll. »Und wie ist es mit dir, Darling?«
»Ach, hab' dich doch nicht so!« Nancy lachte schallend auf. »Du brauchst gar nicht so diskret zu sein. Wir sind hier alle gute Freunde. Es bleibt alles unter uns.«
Stimmt, diese Leute *waren* diskret, dachte Oliver, der mit seiner

Beherrschung so ziemlich am Ende war. Sie würden es für sich behalten, wenn er Nancy anschrie, ihr rechts und links ein paar versetzte und sie aus dem Zimmer bugsierte. Gedankenversunken goß er sich Sherry ein, bis das Glas überlief.

»Verdammt!« sagte er.

»O weh, Ihr schöner Tisch!« Bernice wischte die Lache mit einem winzigen Taschentuch auf.

»Linda Gaveston hat mir heute etwas sehr Sonderbares erzählt«, sagte Nancy. »Nein, Oliver, versuch nicht, mich zum Schweigen zu zwingen. Ich wiederhole die Geschichte nämlich bloß, weil ich gern die Meinung eines Arztes darüber hören würde. Sie kennen doch alle diesen drolligen kleinen Mann, der in einem von den Chalets wohnt?«

»Carnaby«, sagte Marvell.

»Ganz recht. Also, einen Tag vor Patricks Tod kam Carnaby in Wallers Laden und was, glauben Sie, wollte er kaufen? Blausäure! Das ist doch ein starkes Stück, nicht wahr?«

Greenleaf runzelte die Stirn. Obwohl sie erst vor einer halben Stunde gekommen waren, fragte er sich allen Ernstes, wann er Bernice frühestens vorschlagen könnte, daß es Zeit zum Aufbruch sei. Sein Drink schmeckte fad, und zum erstenmal, seit er das Rauchen aufgegeben hatte, sehnte er sich nach einer Zigarette.

»Waller würde niemandem Blausäure verkaufen«, sagte er schließlich.

»Natürlich nicht, aber das ist nicht der springende Punkt!« Nancy sah sich triumphierend um. »Weil er die Blausäure von Waller nicht bekam, hat er sie sich vielleicht woanders beschafft . . .« Sie holte tief Luft. »Fragt sich bloß, wozu er sie brauchte?«

»Gegen die Wespen vermutlich«, sagte Marvell. »Es ist ein altes Mittel zur Vernichtung von Ungeziefer.«

Nancy machte ein enttäuschtes Gesicht. »Das ist genau die Erklärung, die er Waller gab, aber Linda fand sie reichlich dünn.«

Als Oliver mit der Faust auf den Tisch schlug, fuhren alle zusammen.

»Linda Gaveston ist ein gefährliches kleines Klatschmaul.«

»Ach so! Das gilt dann wohl auch für mich?«

»Das hab' ich nicht gesagt, aber bitte . . . falls du dich getroffen fühlst . . .« Oliver kochte vor Wurt. »Ich hasse diese hinterhältigen Verdächtigungen. Wenn du glaubst, daß Patrick von Carnaby vergiftet wurde, warum kommst du dann nicht offen damit heraus?« Er trank zu hastig und verschluckte sich. »Das heißt, nein, laß es lieber bleiben! Ich bin nicht scharf drauf, wegen übler Nachrede Schadenersatz zu zahlen.«

»Von uns sagt's doch keiner weiter. Außerdem weiß inzwischen jeder, daß Edward Carnaby ein kolossal starkes Motiv dafür hatte, Patrick aus dem Weg zu räumen.«

Betretenes Schweigen. Nancy war krebsrot geworden, und ihre üppigen Brüste unter dem hautengen Pullover hoben und senkten sich, als wäre sie außer Atem. Trotzig fügte sie hinzu: »Ihr seid alle ganz vernarrt in Tamsin, aber Patrick war's nicht. Ihm lag überhaupt nichts an ihr. Er hatte ein Verhältnis mit dieser gräßlichen kleinen Freda. Jeden Abend, wenn ihr Bruder in seinem Kursus war, ging er zu ihr rüber. Und den Hund band er immer ans Gartentor. Es war eine schmutzige kleine Affäre.«

Ebenso wie Oliver hätte auch Greenleaf dem üblen Gewäsch zu gern ein Ende gemacht. Deshalb war er Bernice für ihr unbeschwertes herzerfrischendes Gelächter grenzenlos dankbar.

»Wenn es nur eine kleine Affäre war, hatte sie wohl nicht viel zu bedeuten, oder?« Bernice legte ihre Hand begütigend auf Nancys.

Nach kurzem Zögern riß Nancy ihre Hand weg. »Aber sie sind Zwillinge, und bei Zwillingen ist es anders. Er war vielleicht eifersüchtig und wollte sie nicht verlieren.«

Doch der Bann war gebrochen. Marvell, der ein Buch aus dem Regal gezogen hatte und es so gründlich untersuchte, als handelte es sich um eine seltene Erstausgabe, entspannte sich und lächelte. Oliver wandte sich achselzuckend ab und ging zur Stereoanlage hinüber.

»Und was hält Max von meinem Verdacht?« fragte Nancy.

Mit ihrem befreienden Lachen hatte Bernice ihm einen Ausweg gewiesen. Denn Greenleaf war eigentlich gar nicht erpicht darauf, wie Smith-King beim ersten Anzeichen von dicker Luft das Weite zu suchen. Außerdem hatte Oliver ein paar sehr gute Platten – Bartok beispielsweise oder den wundervollen Donizetti –, die er sich gern noch mal angehört hätte.

»Beim plötzlichen Tod eines jungen Menschen neigen die Leute immer dazu, gleich das Schlimmste zu vermuten«, sagte er nachsichtig. »Sie möchten eine Sensation daraus machen, ohne zu bedenken, daß die Realität meist sehr banal ist.«

»Die Wahrheit ist ihnen zu langweilig«, murmelte Marvell.

»Ich kann Ihnen versichern, daß Patrick nicht an Blausäure starb. Blausäure gehört nämlich zu den Giften, die besonders leicht nachzuweisen sind. Da ist der charakterische Geruch –«

»Nach Bittermandeln«, warf Nancy dazwischen.

»Ganz recht«, Greenleaf lächelte gezwungen, »aber daneben gibt es noch eine ganze Reihe anderer Anzeichen. Es ist unsinnig, von Blausäure zu sprechen, glauben Sie mir.« Er machte eine abwehrende Handbewegung. »Tun Sie's nicht mehr, bitte.«

»Na schön, aber was glauben Sie nun eigentlich wirklich?«

»Ich glaube, daß Sie ein sehr hübsches Mädchen mit einer lebhaften Phantasie sind und daß sich Linda Gaveston zu viele Kriminalfilme angeschaut hat. Kann ich noch einen Schluck von Ihrem ausgezeichneten Whisky bekommen, Oliver?«

Oliver war Greenleaf so dankbar, daß er ihm mit Vergnügen die ganze Flasche gegeben hätte.

»Musik?« fragte er und legte Marvell Platten zur Auswahl vor. Marvell entschied sich für Händel. Nancy schnitt ein Gesicht und warf sich schmollend in die Kissen zurück.

Während der ganzen Unterhaltung hatte das stete Rauschen des Regens eine monotone Hintergrundmusik abgegeben. Nun füllten die Klänge der Suite vom treuen Schäfer den Raum. Greenleaf folgte dem Orchester und der Wiederholung jeder Phrase mit dem kritischen Verständnis des Wissenschaftlers. Aber Marvell mit dem Ohr des künstlerisch veranlagten Dilettanten fühlte, wie sich das lächerlich spießige Zimmer um ihn her in einen grünen Hain verwandelte, und unter dem Laub sah er einen verliebten Hirten mit der Panflöte.

9

Mit Einbruch der Dunkelheit hörte es auf zu regnen, und es wurde eine klare sternenhelle Nacht. Das Gefunkel am Himmel beeindruckte sogar Greenleaf; er fühlte sich genötigt, bewundernd auf den großen Bär und den strahlenden Jupiter zu deuten, obwohl er ihre Namen nicht kannte. Er atmete tief ein. Die Luft roch nach feuchtem Laub und regendurchtränkter Erde.

»Köstlich«, sagte er. »Ich bin wirklich froh, daß ich mich dazu aufgerafft habe, Sie nach Hause zu begleiten.«

Marvell ging voran und drückte Ranken und Zweige beiseite. »Ein verdammt unerfreulicher Abend, nicht?«

»Dumme kleine Person«, sagte der Arzt schroff. »Hoffentlich ist Gage imstande, ihr den Mund zu stopfen.«

»Tja, ihr Geschwätz könnte böse Folgen haben.« Marvell schwieg, bis der Pfad breiter wurde und sie nebeneinander hergehen konnten. Dann sagte er plötzlich: »Ich möchte Sie gern etwas fragen, aber Sie dürfen es mir nicht übelnehmen.«

»Schießen Sie los.«

»Sie sind Arzt, aber Patrick war nicht Ihr Patient.« Marvell sprach mit ruhiger gedämpfter Stimme. »Und weil ich nicht weiß, wie es sich in einem solchen Fall mit Ihrer ärztlichen Schweigepflicht verhält, wollte ich lieber vorbauen. Es liegt mir fern, wie Nancy Gage im Unrat zu wühlen, aber ... kam Ihnen Patricks Tod nicht doch sehr überraschend vor?«

»Ja, ziemlich ...«

»Wie ein Blitz aus heiterem Himmel?«

Greenleaf lächelte. »Meinen Sie, wie der Blitz, der den armen Kerl auf dem Golfplatz erschlug? Ach nein. Wissen Sie, in meinem Beruf erlebt man in einem fort die sonderbarsten Sachen. Zuerst dachte ich an eine Überdosis Natriumamytal. Ich hatte Patrick ein Antihistamin gegeben, und deshalb hätte sich ein Schlafmittel an sich erübrigt. Weil er aber an das Natriumamytal gewöhnt war, erlaubte ich ihm zusätzlich eine Tablette.«

»Und Sie ließen ihm das Röhrchen da?«

»Schauen Sie ... «, Greenleaf hatte versprochen, daß er nichts übelnehmen würde, »... Patrick war kein Kind mehr. Dr. Howard hatte ihm die Tabletten verschrieben, und außerdem nahm er nicht mehr als eine. Das war das erste, wovon sich Glover bei der Obduktion überzeugte.«

Marvell hielt Greenleaf die Gartenpforte auf. Nach dem federnden Waldboden wirkte die abschüssige mit den schlüpfrigen Blättern wilder Narzissen bedeckte Wiese wie eine Rutschbahn. Ein Büschel nasser Heckenrosen streifte Greenleafs Gesicht; ihr Duft war süß und betäubend.

»Das erste?« fragte Marvell. »Soll das heißen, daß Sie noch nach anderen Drogen suchten? Dann bestand also doch ein Verdacht auf Selbstmord oder vielleicht sogar Mord?«

»Nein, nein, nein«, erwiderte Greenleaf ungeduldig. »Wenn ein offensichtlich gesunder junger Mensch stirbt, muß man feststellen, woran er gestorben ist. Bei Patrick war es Herzversagen.«

»Eine ziemlich häufige Todesursache.«

»Ja, aber bei Patrick gab es Anzeichen für einen alten Herzschaden.«

Sie waren vor der Hintertür angelangt. In der Küche roch es nach Kräutern und Wein. Greenleaf, der eine gute Nase hatte, glaubte daneben noch einen anderen weniger angenehmen Geruch zu entdecken: eine Kombination von Schimmel, Schwamm und Moder. Marvell tastete im Dunkeln nach der Petroleumlampe und zündete sie an.

»Aha«, sagte er, »sprechen Sie weiter.«

»Wenn Sie's unbedingt wissen müssen ... Glover holte in Patricks alter Schule ein paar Auskünfte ein. Seine Eltern sind tot, und Tamsin zu fragen, wäre zwecklos gewesen. Er hat bei Howard nie über Herzbeschwerden geklagt, war überhaupt nur ein einziges Mal bei ihm in der Praxis.«

»Darf ich fragen, was die Nachforschungen in der Schule ergaben?«

»Ich weiß nicht, ob Sie's dürfen«, entgegnete Greenleaf streng, »und vermutlich sollte ich lieber nicht darüber sprechen. Aber es wird wohl sowieso eine Menge getratscht werden ... Glover schrieb dem Direktor, und in dessen Antwort hieß es, Patrick hätte mit Rücksicht auf ein rheumatisches Fieber, das er als Kind gehabt hat, von einigen Sportarten befreit werden müssen.«

»Verstehe. Und dann haben Sie vermutlich bei dem Arzt nachgefragt, der Patrick als Kind behandelt hatte.«

»Das war nicht möglich.« Greenleaf verzog den Mund zu einem flüchtigen bitteren Lächeln. »Patrick wurde in Deutschland geboren. Seine Mutter war Deutsche, und er lebte bis zu seinem vierten Lebensjahr in Berlin. Glover unterhielt sich mit Tamsins Freundin Mrs. Prynne, die sich als eine alte Dame mit einem erstaunlich guten Gedächtnis entpuppte. Sie erinnerte sich, daß Patrick mit drei Jahren an rheumatischem Fieber erkrankte und daß der Hausarzt Goldstein hieß.«

Marvell war verwirrt und betroffen.

»Aber Dr. Goldstein ist nicht mehr auffindbar. Zwischen 1939 und 1945 sind in Deutschland unzählige seiner Glaubensgenossen verschwunden.«

»Wie wär's mit einem kleinen Schlummertrunk?« fragte Marvell.

Um die lähmende Wirkung seiner letzten Bemerkung zu verwischen und die alte Unbefangenheit wiederherzustellen, akzeptierte Greenleaf ein Glas Karottenwein.

Die weiße Kugel der Petroleumlampe verbreitete ein mildes helles Licht, das nur die dunklen Ecken des Wohnzimmers nicht erreichte. Ein leichter Wind war aufgekommen und bewegte die Gardinen und die schlaffkrautigen weißen und blauvioletten Blätter der Tradeskantia, die in einem Majolikatopf auf dem Fensterbrett stand. Es war recht kalt.

»Patricks Tod hat aus einem ganz bestimmten Grund meine Neugier erregt.« Marvell setzte sich und wärmte sich die Hände an der Lampe. Greenleaf fragte sich im stillen, ob Bernice daheim in der Villa »Schalom« wohl die Zentralheizung eingeschaltet hatte. »Mag sein, daß ich die Dinge zu schwarz sehe, aber Patrick hatte sehr viele Feinde. Ich wette, eine Menge Leute haben sich über seinen Tod gefreut.«

Greenleaf schüttelte lebhaft den Kopf. »Wo bleibt da die Logik? Laut Nancy Gage versuchte Carnaby Blausäure zu kaufen. Patrick Selby stirbt kurz danach plötzlich. Daraus folgert sie, daß er mit Blausäure vergiftet wurde. Wir *wissen* jedoch, daß er *nicht* durch Blausäure, sondern eines natürlichen Todes starb. Angenommen, Carnaby hat ihn gehaßt – was ich für meine Person bezweifle –, angenommen, Carnaby wäre es irgendwie gelungen, sich eine ganze Tonne Blausäure zu beschaffen, so würde das nichts an der Tatsache ändern, daß er Patrick nicht vergiftet hat, weil Patrick nachweislich nicht an Blausäure starb. Aus der Hypothese, daß eine bestimmte Person über Motiv und Mittel verfügt haben könnte, ziehen Sie den Schluß, daß Patrick ermordet wurde; daß ein halbes Dutzend Menschen Grund hatte, ihm nach den Leben zu trachten; und daß einer von ihnen sein Ziel erreichte.« Er probierte den Karottenwein und war angenehm überrascht. »Sie denken nicht logisch, mein Bester.«

Marvell antwortete nicht, sondern begann statt dessen behutsam die Uhr aufzuziehen. Er legte den Schlüssel weg, pustete eine Spinne vom Schnabelschuh der Odaliske und fragte dann: »Warum fand keine Verhandlung statt?«

»Weil sie sich erübrigte«, erwiderte Greenleaf triumphierend. »Davon rede ich doch die ganze Zeit. Und darüber hatte nicht Glover oder Howard zu entscheiden, sondern einzig und allein der Coroner.«

»Und der versteht zweifellos sein Geschäft.«

»Freilich.« Greenleaf erhob sich, um seine kalten steifgewordenen Beine zu strecken. »Was macht der Heuschnupfen?«

»Die Tabletten sind mir ausgegangen.«

»Kommen Sie irgendwann in die Praxis; dann verschreib ich Ihnen wieder welche.«

Aber Marvell kam nicht, und Greenleaf bekam ihn mehrere Tage lang nicht zu Gesicht. Er gab sich der trügerischen Hoffnung hin, daß er von Patricks Tod nichts mehr hören würde . . . bis er in der Sprechstunde am Mittwochvormittag eines Besseren belehrt wurde.

Der erste Patient war Denholm Smith-King, der sich endlich dazu aufgerafft hatte, Greenleaf wegen des Knotens in seiner Achelhöhle zu konsultieren.

»Es ist nichts«, sagte der Arzt, während Smith-King sich das Oberhemd zuknöpfte, »nur eine geschwollene Drüse. Die Schwellung wird von selber zurückgehen.«

Smith-King schien sichtlich erleichtert.

»Wie ich sehe, haben Sie das Rauchen mittlerweile eingeschränkt.«

Verdutzt folgte er dem Blick des Arztes auf seine rechte Hand und grinste anerkennend.

»Alle Achtung, an Ihnen ist wirklich ein Detektiv verlorengegangen.« Greenleaf, dem lediglich aufgefallen war, daß die dunkelbraunen Nikotinflecke an Smith-Kings Mittel- und Zeigefinger verblaßt waren, fühlte sich durch dessen Bemerkung an Dinge erinnert, die er gern vergessen wollte. »Ja, ich rauche viel weniger.« Smith-King knuffte den Arzt freundschaftlich in den Rükken. »Ihr Quacksalber ahnt ja gar nicht, mit was für Sorgen sich ein Geschäftsmann herumschlagen muß. Euch geht's zu gut . . .«, aber sein herzliches Gelächter nahm den Worten jede Spitze.

»Die Geschäfte laufen besser, wie?«

»Und ob!«

Er zog vergnügt ab, und Greenleaf läutete nach dem nächsten Patienten. Bis zehn Uhr hatte er ein Dutzend Leute abgefertigt, und er fragte die letzte Patientin, eine Frau mit Hautausschlag, ob noch jemand im Wartezimmer säße.

»Nur noch eine junge Dame, Doktor.«

Er drückte auf die Klingel. Aber als niemand hereinkam, machte er sich daran, seinen Schreibtisch aufzuräumen. Die junge Dame hatte das Warten offenbar sattgekriegt. Er stand auf und griff nach dem Autoschlüssel, um seine Visiten zu erledigen, da wurde plötzlich die grüngepolsterte Tür aufgestoßen, und Freda Carnaby kam wie eine Greisin hereingeschlurft.

Greenleaf war entsetzt über die Veränderung, die mit ihr vorgegangen war. Wo war das hübsche heitere Persönchen geblieben mit den praktischen gestärkten Baumwollkleidern und den unpraktischen, viel zu spitzen Schuhen? Auch noch bei der Beerdigung hatte sie in ihrem adretten Ladenmädchen-Schwarz schick und gepflegt ausgesehen. Nun hatte sie Zottelhaar, verschwollene blutunterlaufene Augen und hysterisch zuckende Mundwinkel. Seine Ungeduld verflüchtigte sich, während er ihr einen Stuhl anbot und sich auch selber wieder setzte.

»Wo fehlt's denn, Miss Carnaby?«

»Ich kann nicht schlafen. Ich hab' wer weiß wie lange nachts kein Auge mehr zugetan.« Aus der Strickjacke, die sie zu dem zerknüllten bunten Kattunrock trug, zog sie ein ebenso zerknülltes Taschentuch, das sie mit einer rührenden Geste affektierter Vornehmheit gegen die Lippen preßte. »Ich habe nämlich einen schweren persönlichen Verlust erlitten.« Der feuchte kleine zusammengedrückte Stoffball streifte einen Augenwinkel. »Ich hab' jemanden sehr gern gehabt . . . einen Mann.« Sie schluckte. »Er ist unlängst gestorben.«

»Es tut mir leid.« Greenleaf wunderte sich, was er sonst noch zu hören bekommen würde.

»Ich weiß nicht, was ich machen soll!«

Er hatte schon öfter bemerkt, daß diese Phrase gleichsam zwangsläufig den Zusammenbruch auslöste. Das Gefühl des Verlustes, der Trauer mochte noch so stark sein; erst, wenn es sich in diesen paar simplen Worten laut kundtat, schien derjenige, der sie fast automatisch aussprach, seine hoffnungslose Lage plötzlich in ihrem ganzen Umfang zu begreifen. Freda zerfloß in Tränen.

»Das dürfen Sie nicht sagen, mein Kind. Die Zeit heilt alle Wunden.« Ein unzulänglicher Trost für einen so jungen lebenshungrigen Menschen, dachte er seufzend. »Ich werde Ihnen etwas verschreiben, das Ihnen zum Schlafen verhilft.« Er holte seinen Rezeptblock hervor. »Eine Luftveränderung würde Ihnen guttun. Waren Sie in diesem Jahr schon weg?«

»Nein, und es besteht auch so gut wie keine Aussicht.«

»Versuchen Sie wenigstens ein paar Tage auszuspannen.«

»Und Sie glauben, das hilft . . . gegen ein gebrochenes Herz!« Der hysterische Unterton in ihrer Stimme beunruhigte ihn. Sie ließ den Kopf auf die verschränkten Arme sinken und schluchzte laut.

Er stand auf und holte ihr ein Glas Wasser. »Kommen Sie, trinken Sie einen Schluck.«

Sie gehorchte und fuhr sich mit dem Handrücken über die Augen. »Ich würde Ihnen gern davon erzählen, Doktor. Darf ich?«

Nach einem verstohlenen Blick auf die Uhr sagte er: »Wenn es Sie erleichtert . . .«

»Es war Patrick Selby. Sie wußten es, nicht wahr?« Als Greenleaf nicht antwortete, fuhr sie fort: »Ich hatte ihn sehr gern ... und er mich auch.« Er musterte flüchtig ihr tränenverschmiertes Gesicht, die rauhe Haut. Als sie aus heiterem Himmel sagte: »Wir wollten heiraten«, fuhr er zusammen.

»Ich weiß, was Sie sagen wollen. Sie wollen sagen, daß er bereits verheiratet war. Aber Tamsin machte sich nichts aus ihm. Sie betrog ihn, und er hatte ihr gesagt, daß er sich scheiden lassen würde.«

»Miss Carnaby ...«

»Sie hatte ein Verhältnis mit diesem gräßlichen Gage.« Freda war nicht mehr zu bremsen. »Als Ausrede benützte sie irgendeine alte Freundin ihrer Großmutter, aber in Wirklichkeit traf sie sich mit Gage in London. Patrick wußte genau Bescheid.«

Mitgefühl kämpfte mit Ekel und trug schließlich den Sieg davon. Mit freundlich nichtssagender Miene faltete Greenleaf das Rezept zusammen.

Freda legte seinen Gesichtsausdruck falsch aus. »Ich weiß, was Sie denken«, sagte sie trotzig, »aber ich hatte nichts mit Patrick. Wir liebten uns, aber wir haben nichts Unrechtes getan. Es machte uns nichts aus, bis zu unserer Heirat zu warten. Und jetzt tratscht Nancy Gage überall herum, daß Edward Patrick vergiftet hat, weil ... weil ...« Sie fing wider an zu weinen. Greenleaf betrachtete sie verzweifelt. Wie sollte er sich diese hysterisch schluchzende Frau vom Hals schaffen? Wie die Flut garstiger Enthüllungen eindämmen?

»Und das Schlimmste ist, ich weiß, wie er umgebracht wurde, und wer der Mörder ist. Deshalb kann ich nicht schlafen.«

Das ging entschieden zu weit. Er schüttelte sie leicht und hielt ihr das Glas an die Lippen.

»Trinken Sie noch einen Schluck, Miss Carnaby, und reißen Sie sich zusammen. Patrick starb eines natürlichen Todes, das steht eindeutig fest. Sie schaden Ihrem Bruder und sich selber, wenn Sie herumgehen und Sachen behaupten, die erwiesenermaßen nicht stimmen.«

»Aber ich kann's doch beweisen, Doktor! Nach der Party, als alle längst zu Hause waren, ging Oliver Gage noch mal rüber. Ich sah ihn von meinem Schlafzimmerfenster aus. Es war heller Mondschein, und er ging über den Rasen am Teich vorbei. Er hatte ein weißes Päckchen in der Hand. Ich weiß nicht, was drin war, aber angenommen, Doktor ... angenommen, Patrick starb daran!«

Er machte kurzen Prozeß, bugsierte sie aus dem Sprechzimmer zu seinem Wagen und fuhr sie nach Linchester hinüber.

Mit der Post um zehn Uhr kamen drei Briefe. Nancy Gage hörte sie durch den Briefschlitz plumpsen, ließ sie aber liegen, weil sie sowieso nicht für sie sein konnten. Mit nassem, nach Heimdauerwelle riechendem Haar und den ganzen Kopf voller Lockenwicklern hockte sie auf dem Badewannenrand und vertrieb sich die Wartezeit bis zum Klingeln des Weckers mit Vermutungen darüber, welche unerquicklichen Neuigkeiten die Post wohl enthalten mochte.

Ein, zwei Rechnungen höchstwahrscheinlich und die üblichen Schnorrereien von Jean oder Shirley. Die viel zu reichlich aufgetragene Tinktur rann ihr übers Gesicht und in den Halsausschnitt. Und das gesamte Obergeschoß stank mittlerweile nach Ammoniak und faulen Eiern; Oliver war in solchen Sachen überempfindlich, und sie würde bis zu seiner Heimkehr in zwei Tagen gründlich lüften müssen. Aber diese kleine Unannehmlichkeit wurde ja durch ihre prachtvolle neue Frisur, die noch nicht mal zwei Pfund gekostet hatte, mehr als wettgemacht. Oliver würde staunen, wenn sie ihm mit einem schicken Wuschelkopf entgegentrat.

Als der Wecker schrillte, fing sie an die Wickler herauszunehmen und schlang sich dann ein Handtuch um die Schultern, ein rosa Handtuch, auf dem in Weiß »SIE« eingestickt war; das hellblaue Pendant mit dem Wörtchen »ER« – ein Hochzeitsgeschenk – war strikt Oliver vorbehalten. Ohne sich um das unappetitliche Durcheinander im Waschbecken zu kümmern, rannte sie die Treppe hinunter.

Der erste Brief, den sie aufklaubte, war von Jean. Nancy wußte das, bevor sie die Handschrift sah. Denn Jean war die einzige Person in ihrem Bekanntenkreis, die zu ihrer Korrespondenz gebrauchte überklebte Umschläge verwendete. Da ihr schwante, daß der zweite die Telefonrechnung enthielt, ließ sie ihn vorsichtshalber in einer Küchenschublade verschwinden. Wozu sich wegen einer solchen Lappalie das ganze Wochenende verderben?

Sie öffnete den dritten und der Briefkopf fiel ihr ins Auge – Olivers Zeitung, Fleetstreet. Er war von *Oliver.* Sie betrachtete noch einmal das Kuvert und die schief aufgeklebte Marke. Für sie bedeutete das einen Kuß. Für ihn auch oder war es nur ein Zufall?

»Mein Liebling . . .« Die zärtliche Anrede kam ihr unerwartet . . . »hoffentlich hast Du mir meine Unfreundlichkeit vom letzten Wochenende verziehen. Ich war scharf, ja, beinahe brutal zu Dir . . .« Er hatte einen so wundervollen Stil; Nancy überrieselte es heiß. »Aber Du mußt doch verstehen, meine Süße, daß es mir weh tut, wenn ich sehe, wie Du Dich erniedrigst. Du bist zu harmlos, um zu merken, daß Du Dich zur Zielscheibe des Spotts und des Gelächters gemacht hast. Und deshalb bitte ich Dich um deinet- und meinetwillen, künftig bei allen Deinen Äußerungen mehr auf der Hut zu sein. Patricks Tod ist Tamsins Angelegenheit, und Tamsin geht uns nichts an . . .« Noch nie hatte ein Brief Nancy so glücklich gemacht . . . »Wir zwei sind eins und unzertrennlich. Allein der Gedanke, daß wir beide in einen Skandal verwickelt werden könnten, hat mir schlaflose Nächte bereitet. Wir waren mit den Selbys nie eng befreundet . . .«

Es folgten noch eine Menge Betrachtungen in der gleichen Tonart, die Nancy angeödet übersprang. Dafür verweilte sie um so länger bei den überraschend zärtlichen Schlußworten. Sie war so außer sich vor Wonne, daß sie nicht merkte, wie ihr Haar sich allmählich entrollte und ihr in triefenden glatten Strähnen um den Kopf herumhing.

Marvell wollte Greenleaf dazu bringen, sich für die Begleitumstände von Patricks Tod zu interessieren, und hatte zu diesem Zweck eine Liste außergewöhnlicher Gifte zusammengestellt. Seine diesbezüglichen Kenntnisse stammten aus der Stadtbücherei, wo er einen sehr instruktiven Nachmittag verbracht hatte. Da er die Sprechstunde verpaßt hatte, präsentierte er sich mit einem Akanthusstrauß in der Villa Schalom.

»Wie schön«, sagte Bernice. Ihr Mann berührte die braunrosa Blüten. »Was ist das? Lupine oder so?«

»Akanthus oder Bärenklau. Das ursprüngliche Blattmotiv für das korinthische Kapitel.«

Bernice füllte eine weiße Tonvase mit Wasser. »Sie sind doch eine wahre Fundgrube.«

»Sagen wir lieber ein stillgelegter Steinbruch.« Trotz des bitteren Untertons lächelte Marvell, während er Bernice beim Blumenarrangieren zuschaute. »Und die Steine werden, nebenbei bemerkt, von Explosionen erschüttert. Ich niese seit drei Tagen ununterbrochen, weil ich keine Pillen mehr habe.«

»Für Ihren Heuschnupfen ist Max zuständig. Er wird Ihnen mit einem Drink auf die Beine helfen.«

Während Bernice sich über den Abwasch hermachte, schlenderten die beiden Männer ins Wohnzimmer. Greenleaf schob die

Terrassentür auf und stellte zwei Sessel in den hereinströmenden frischen Luftzug. Der milchig blaue Himmel war im Westen feurig gelb, aber die mächtige Krone einer Ulme hüllte das Haus in ihren Schatten. Das Zimmer war ein kühles Refugium.

»Wir sollten durch ein paar Tests herauszufinden suchen, wogegen Sie allergisch sind«, sagte der Arzt. »Es kann inklusive Blütenstaub so ziemlich alles sein, wissen Sie.«

Marvell hatte eigentlich nicht vorgehabt, über seine Allergie zu sprechen; sie sollte lediglich den Vorwand für seinen Besuch abgeben. Aber als wollte sie sich dafür rächen, kitzelte es ihn plötzlich fürchterlich in der Nase, und er mußte ein paarmal ausgiebig niesen.

»Ich werde jedenfalls nicht daran sterben«, sagte er listig.

»Das nicht«, entgegnete Greenleaf heiter, »aber in sechzig bis achtzig Prozent der Fälle führt Heufieber zu Asthma.«

»Meine Frage war, ob man an einer Allergie sterben kann.«

»Ach was, davon war gar nicht die Rede, aber ich weiß, worauf Sie hinauswollen. Patrick war nicht allergisch gegen Wespenstiche. Er wurde ein paar Tage vor seinem Tode gestochen, und die Wirkung war völlig normal.«

»Na schön.« Marvell schnaubte sich die Nase. »Aber Sie wissen doch noch, wovon wir neulich Abend sprachen?«

»Wovon *Sie* sprachen.«

»Na schön. Seien Sie doch nicht so halsstarrig, Max.«

Sie kannten einander inzwischen an die drei Jahre, und anfänglich hatte es formell Dr. Greenleaf und Mr. Marvell geheißen. Dann waren sie allmählich Freunde geworden, aber Greenleaf, der als der ältere den Anstoß hätte geben müssen, hatte als Emigrant eine härtere Schule hinter sich und scheute aus leidvoller Erfahrung vor jeder Vertraulichkeit zurück. Als Marvell ihn nun zum erstenmal beim Vornamen nannte, verspürte er jenes Glücksgefühl, das jeder Freundschaftsbeweis hervorruft. Es machte ihn schwach, wo er eigentlich hatte stark sein wollen.

»Nehmen wir mal an«, fuhr Marvell fort, »es gäbe eine Substanz, die normalerweise völlig harmlos ist, aber tödlich wirkt, wenn der Betroffene vorher von einer Wespe gestochen wurde.«

Widerwillig rief sich Greenleaf ins Gedächtnis zurück, was Freda Carnaby ihm von Oliver Gage und dem weißen Päckchen erzählt hatte.

»Das sind Hypothesen. Eine solche Substanz gibt es nicht.«

»Wissen Sie das genau?«

»Nach menschlichem Ermessen, ja.«

»Die Arbeit an meinem Manuskript ödet mich an, Max. Der Abwechslung halber würde ich gern ein bißchen Detektiv spielen ... mit Ihrer Hilfe. Ohne Arzt geht es nämlich nicht.«

»Sie sind nicht bei Trost«, sagte Greenleaf unglücklich. »Ich werde Ihnen einen Drink verabreichen und das Rezept ausschreiben.«

»Ich will nichts trinken. Ich möchte über Patrick sprechen. Sehen Sie, ich hab' in den letzten zwei Tagen Gerichtsmedizin gebüffelt –«

»Zwischen Husten- und Niesanfällen, schätz ich.«

»Gewissermassen. Ich hab' im Taylor gelesen.«

»Faszinierend, nicht wahr?« sagte Greenleaf unwillkürlich und fügte schleunigst hinzu: »Über Wespenstiche oder rheumatisches Fieber werden Sie nichts darin finden.«

»Nein, aber ich habe eine Menge über Gifte erfahren. Über Brucin und Thallium, Blei und Gold. Wußten Sie, daß es eine Gold-Zinn-Verbindung gibt, die Cassiuspurpur heißt? Aber natürlich wußten Sie's. Cassiuspurpur ... ein Name, der Gedanken an den Tod förmlich heraufbeschwört.«

»Aber nicht an Patricks Tod«, sagte Greenleaf trocken.

»Wie wollen Sie das so genau wissen? Ich wette, Glover hat gar nicht danach gesucht.«

»Nein, und ebensowenig nach Arsen oder Hyoscin oder nach dem Bacillus botulinus, und zwar aus dem einfachen Grund, weil nichts an Patricks äußerer Erscheinung oder dem Zustand des Zimmers darauf hindeutete, daß er diese oder irgendwelche anderen Gifte eingenommen haben könnte.«

»Ich habe gehört, daß man durch in die Adern injizierte Luft sterben kann», sagte Marvell. »Es gibt da einen sehr unterhaltsamen Krimi von Dorothy Sayers –«

»Mit dem Titel ›Unnatürlicher Tod‹«, ergänzte der Arzt.

»Sieh mal an, dann lesen Sie also doch Kriminalromane!«

»Nur in den Ferien. Aber Patrick hatte keine Injektionseinstiche.«

»Wie kommen Sie mir vor, Max! Sie sind ja ein Heuchler!« frotzelte Marvell. »Sie haben die Leiche also auf Injektionseinstiche untersucht, wie? Dann hatten Sie doch zumindest den Verdacht auf Selbstmord.«

Greenleaf überlegte. Marvells Worte kamen der Wahrheit ziemlich nahe. Er hatte gesucht und ... nichts gefunden. Wie aber hätte er sich verhalten, wäre er damals schon im Besitz bestimmter Fakten gewesen? Hätte er Howard und Glover davon abgeraten, den Totenschein zu unterschreiben? Er hatte sich nicht eingemischt, weil Patrick nicht sein Patient gewesen war, weil es sich nicht mit der Standesehre vertrug, Howard ins Gehege zu kommen, und insbesondere, weil Patrick ein gesunder, glücklich verheirateter Mann zu sein schien, der ein ruhiges normales Leben führte. Glücklich verheiratet? Wohl kaum, nach allem, was er inzwischen darüber gehört hatte. Andererseits aber . . . warum hätten ihn Tamsins Wange-an-Wange-Tanzen mit Gage, Patricks Flirt mit Freda Carnaby stutzig machen sollen? Auf Partys ging es bekanntlich meist recht zwanglos zu. Er hatte nicht mal im Traum an Mord gedacht. Was also hatte ihn dann eigentlich zu der Untersuchung veranlaßt? Obwohl er sich um eine ehrliche Antwort bemühte, war es ihm bewußt, daß er um den Kern der Sache herumredete.

»Ich stellte meine Untersuchung an«, sagte er bedächtig, »bevor Glover die Autopsie vornahm. Zu diesem Zeitpunkt wußte ich noch nichts von Patricks Herzschaden und konnte mir deshalb seinen Tod nicht erklären. An seinem Körper befanden sich keine anderen Einstiche außer den Wespenstichen, und die haben seinen Tod nicht verursacht, sondern höchstens einen Schock ausgelöst.«

»Der bei seinem angegriffenen Herzen zu einem Kollaps hätte führen können, nicht wahr? Aber hätte der Kollaps nicht sofort, als Patrick noch auf der Leiter stand, eintreten müssen und nicht erst vier, fünf Stunden später?«

Patrick mußte das rheumatische Fieber in milder Form gehabt haben, denn das Herz wies nur einen geringfügigen Schaden auf. Da man aber weder die Eltern noch Dr. Goldstein fragen konnte, blieben lediglich Vermutungen. »Nun ja, eigentlich schon«, erwiderte Greenleaf zögernd.

»Mir scheint, Max, Sie bekehren sich allmählich zu meiner Auffassung. Schauen Sie, war nicht – von dem Todesfall mal ganz abgesehen – irgendwas faul bei der Party?«

»Meinen Sie das Bild?«

»Allerdings. Ich ging rauf, um das Zitronellöl zu holen, und da stand das Bild. Es war nicht zugedeckt oder in irgendeinem entlegenen Winkel des Hauses versteckt. Trotzdem wußte Patrick nichts von seinem Vorhandensein. Haben Sie sein Gesicht gesehen, als er es erblickte?«

Greenleaf runzelte die Brauen. »Es war aber auch gräßlich.«

»Na ja, ein bißchen blutrünstig vielleicht. Ich tippe auf einen Schüler von Thornhill, und diese alten Knaben malten ziemlich effektvoll. Aber der springende Punkt ist: Patrick war zu Tode erschrocken. Sein Entsetzen hätte nicht größer sein können, wenn es sich um einen leibhaftigen Kopf in einer echten Blutlache gehandelt hätte.«

»Viele Leute sind in dem Punkt ungeheuer zimperlich.« Greenleaf sprach aus Erfahrung.

»Ja, beim Anblick von echtem Blut und echten Wunden. Aber hier handelte es sich doch bloß um einen alten Schinken. Und jetzt will ich Ihnen was erzählen. Zwei Wochen vor seinem Tod war Patrick mit Tamsin bei mir, und da zeigte ich ihnen einige Blätter von Dali. Sie waren viel grauslicher als die Salome, aber Patrick zuckte nicht mit der Wimper.«

»Na schön, er mochte das Bild nicht ... vielleicht irgendeine Kindheitserinnerung ... Aber was hat das mit seinem Tod zu tun? Man hat ihm ja nicht den Kopf abgeschnitten.«

»Leider«, sagte Marvell fröhlich. »Dann wäre ein Drittel des Problems – nämlich das Wie – gelöst, und wir brauchten uns bloß noch mit dem Warum und Wer herumzuschlagen.«

Er erhob sich, als Bernice hereinkam und ihn zu einem Gang durch den Garten aufforderte.

»Weil Sie ein wahrer Zauberer bei Pflanzen sind«, sagte sie scherzend und fügte besorgt hinzu: »Du siehst müde aus, Max. Fühlst du dich nicht wohl?«

»Gott bewahre, meine Liebe.« Er schaute ihnen zu, wie sie an den Rabatten entlangschlenderten und dann und wann haltmachten, wie Marvell den Erklärungen seiner Gefährtin lauschte und sich ab und an zu irgendwelchen Pflanzen hinunterbeugte. Dann ging Bernice zum Zaun, und er sah, daß Nancy Gage im Nachbargarten aufgetaucht war. Offenbar gab es Neuigkeiten, denn sie schwatzte fieberhaft und von der Begierde nach einem Publikum verzehrt wie die meisten Frauen, die zu viel allein sind. Greenleaf erinnerte sich nur zu gut an die letzte Kostprobe ihres fürchterlichen Sprechmatismus, aber heute war kein Oliver zugegen, um ihr Einhalt zu gebieten.

Die Stimme seiner Frau tönte zu ihm herüber. »Tamsin ist wieder da, Max.«

War das alles?

Er ging auf die Gruppe zu. Als Nancy ihn erspähte, rief sie ihm entgegen: »Schauen Sie sich bloß meine Haare nicht zu genau an; mir ist da irgendwas schiefgegangen.« Und indem sie mit den Fingern daran herumzupfte, zog sie seine Aufmerksamkeit auf ihre wirre verfilzte Mähne.

»Sagten Sie, daß Tamsin wieder da ist?«

»Ich finde, wir sollten rübergehen, Max, und schauen, wie es ihr geht.«

»Oh, sie ist in glänzender Verfassung ... braun wie ein Zigeuner.« Nancy machte ein drollig-zerknirschtes Gesicht. »Na, da hab' ich mich wieder mal verquatscht. Vergessen Sie bitte, was ich gesagt habe. Oliver mag nämlich nicht, daß ich über die Selbys rede ... Sie wissen schon, warum ...«

Marvell zwinkerte Greenleaf zu, und als der Arzt nicht reagierte, sagte er: »Nein, keine Ahnung. Warum denn?«

»Oliver sagt, ich darf nicht herumtratschen, daß Patrick keines natürlichen Todes starb, weil es ihm schaden könnte.« Sie kicherte. »Ich meine, Oliver schaden, nicht Patrick. Er schrieb mir eigens deshalb einen Brief.«

»Sehr vernünftig von ihm.«

Greenleaf machte den Mund auf, ohne recht zu wissen, was er sagen wollte, und klappte ihn wieder zu, als er das Telefon läuten hörte. Als er auf die Terrasse zurückkam, war Nancy verschwunden.

»Ein kleiner Junge mit Kopfweh«, rief er Bernice zu. »Auf dem Heimweg schaue ich bei Tamsin vorbei.«

Um ein Haar hätte er Edith Gavestons Hund überfahren, als er den Wagen rückwärts aus der Garage lenkte. Nachdem er sich entschuldigt hatte, nahm sie das Tier auf den Arm und steckte den Kopf durchs Wagenfenster.

»Die lustige Witwe ist wieder da.« Sie deutete über den Rasenplatz. Zuerst sah Greenleaf nur Henry Glide, der seinen Boxer trainierte; dann bemerkte er, daß alle Fenster der Villa Eden weit geöffnet waren – eine Extravaganz, die zu Patricks Lebzeiten wohl nicht geduldet worden wäre. Der Schäferhund stand unbeweglich wie eine Statue aus grauem Marmor in der offenen Haustür.

»Armes Mädchen«, sagte Greenleaf.

»Tamsin? Einen Moment lang dachte ich, Sie meinten Queenie. Arm ist wohl kaum das richtige Wort. Das Haus, die Fabrik und ein eigenes Vermögen! Meiner Ansicht nach kann sie froh sein, daß sie ihn los ist.«

»Entschuldigen Sie mich, ich muß zu einem Kranken.« Der Wagen rollte über das Trottoir auf die Straße. Fergus, der Scotchterrier, kläffte, und Edith brüllte:

»Hoffentlich kommt's jetzt, wo sie zurück ist, nicht noch zu einem zweiten Skandal. Einer ist schon schlimm genug, aber zwei würden aussehen wie . . .«

Das letzte Wort ging im Motorengeräusch unter, aber es hatte sich wie »Feindeinwirkung« angehört. Er hatte keinen Schimmer, was sie damit meinte; trotzdem berührte es ihn unangenehm. Ich bin schon genauso schlimm wie Marvell, dachte er bekümmert, und wittere überall Geheimnisse.

10

Queenie trottete mit der Nase auf dem Boden durch den Garten, um ihr Reich nach vierzehntägiger Abwesenheit wieder in Besitz zu nehmen. Sie vergewisserte sich, daß das Eichhörnchen sein Nest noch immer in der großen Ulme beim Tor hatte, daß die Katze der Smith-Kings ein paarmal über den Lattenzaun geklettert und an die Hintertür gekommen war und daß eine Unmenge Vögel die Johannisbeersträucher geplündert hatte.

Nachdem sie das geschlossene Garagentor beschnüffelt und winselnd durchs Fenster hineingespäht hatte, begriff sie, daß ihr Herrchen nicht da war. Traurig ging sie ins Haus zurück und fand das Frauchen im Schlafzimmer, wo es sich, vor sich hinsingend, das Haar bürstete. Queenie legte den Kopf auf Frauchens seidene Knie und schöpfte ein wenig Trost aus der vertrauten Nähe.

Zuerst dachte Greenleaf, der Gesang käme aus dem Radio. Aber als er vor der Haustür anlangte, merkte er, daß es kein Profi war, der das stillvergnügt, ziemlich falsch und unzusammenhängend vor sich hinsang. Er klingelte und wartete.

Tamsin war brauner denn je und trug ein Kleid in jenem grellen Farbton, den Greenleafs Mutter »verruchtes Rosa« zu nennen pflegte; an den Armen hatte sie schwarze und weiße Spangen.

»Ich kam vorbei«, sagte er über die Maßen erstaunt, »um zu fragen, ob ich was für Sie tun kann.«

»Sie können hereinkommen und was mit mir trinken«, antwortete sie herzlich, obwohl sie sich ersichtlich bemühte, ihre übersprudelnde Fröhlichkeit zu unterdrücken. Sie hatte zugenommen und sah blühend aus. Die kräftige Farbe stand ihr gut. »Lieber Max.« Sie ergriff seine Hände. »Immer so freundlich und besorgt.«

»Ich sah, daß Sie zurück sind.« Er folgte ihr in die Diele. »Und weil ich ohnehin einen Patienten im Dorf besuchen mußte, schaute ich auf dem Rückweg bei Ihnen vorbei. Wie geht's denn?«

»Gut . . .« Sie verbesserte sich hastig. »Ich sollte wohl lieber sagen, den Umständen entsprechend. Sie hatten hier scheußliches Wetter, nicht? Queenie und ich hatten es herrlich. Ich war jeden Tag stundenlang am Strand.« Sie streckte die Arme hoch über den Kopf. »O Max!«

Greenleaf wußte nicht, was er sagen sollte. Er schaute sich in dem Zimmer um, das laut Bernice so ungemütlich und steril wirkte wie ein Ausstellungsraum in einem Möbelgeschäft. Jetzt war es ein Tohuwabohu. Obwohl Tamsin erst seit höchstens zwei Stunden daheim sein konnte, lagen Kleider auf dem Sofa und dem Boden, Illustrierte und Zeitungen auf dem Kaminteppich. Auf dem Kaminsims hatte sie Muschelschalen und bizarr geformte Schnekkenhäuser aufgebaut, und übers Parkett zog sich eine dünne Sandspur.

»Wie geht's allen miteinander? Wie geht's Bernice? Tut mir leid, daß ich so faul war und keine Ansichtskarten geschickt habe. Wie geht's Oliver? Und Nancy? Womit habt ihr euch die Zeit vertrieben, während ich weg war?«

Mit Klatsch über Patricks Tod, dachte er. »Hier geht alles im gleichen alten Trott«, sagte er laut. »Crispin Marvell ist gerade bei Bernice und gibt ihr Gartentips.«

»Ach, Crispin«, sagte sie geringschätzig. »Finden Sie nicht auch, daß er seine feudale Naturverbundenheit ein bißchen übertreibt?« Sie fing seinen verwunderten Blick auf. »Oh, das war gemein, ich weiß . . . aber ich habe den Linchesterklüngel so satt . . . nicht Bernice und Sie, aber all die anderen. Deshalb werde ich die Villa so schnell wie möglich verkaufen und ganz weit wegziehen.«

»Es ist ein nettes Haus«, murmelte er.

»Nett?« Ihre Stimme zitterte. »Es ist wie ein riesiges Treibhaus ohne Blumen.« Da er sie nie für habsüchtig gehalten hatte, überraschte es ihn, als sie hinzufügte: »Ich müßte eigentlich an die acht- bis neuntausend Pfund dafür kriegen. Und dann ist da ja noch die Fabrik.«

»Wofür genau –«

»Glas . . . Reagenzgläser und lauter solches Zeug. Sie ging nie besonders gut bis vor ein paar Monaten, als sie einen sehr günstigen Liefervertrag mit Harwell abschlossen. Ich weiß noch nicht, ob ich meine Anteile behalte oder an die anderen Direktoren verkaufe. Wirklich, Max, ich bin eine reiche Frau.«

Er hätte sie so vieles fragen mögen. Woher stammte zum Beispiel das Geld für den Kauf der Villa Eden, wenn die Firma nicht genug abgeworfen hatte? Warum hatte Patricks Vater Selbstmord begangen? Wie war ihre Beziehung zu Oliver Gage? Und warum sang sie vor Freude bei der Rückkehr in das Haus, in dem ihr Mann vor knapp drei Wochen gestorben war? Ihm fiel plötzlich auf, daß sie Patrick nicht ein einziges Mal erwähnt hatte, obwohl er oder vielmehr sein Tod der Punkt war, um den das Gespräch beständig kreiste.

Sie nahm eine Muschel vom Kaminsims und hielt sie ans Ohr. »Die Stimme des Meeres«, sagte sie erschauernd, »die Stimme der Freiheit. Ich werde nie wieder heiraten, Max, nie!« Freiheit, dachte er, ohne zu wissen, daß er Madame Roland zitierte, welche Verbrechen werden in deinem Namen verübt . . .

»Ich muß gehen.«

»Moment noch, ich möchte Ihnen etwas zeigen.«

Als sie ihn bei der Hand faßte, hatte er das unbestimmte Gefühl einer Veränderung; doch er vergaß den flüchtigen Eindruck, als sie das Eßzimmer betraten. Die Flügeltüren standen offen, und die Korbmöbel auf der Terrasse waren vom vielen Regen halbverrottet. Dieser Raum mit seinen weißen Wänden, den vorhanglosen Fenstern, den strengen Linien und schmucklosen polierten Flächen war Greenleaf immer ganz besonders freudlos vorgekommen. Das einzig Versöhnliche war eine blitzeblaue Keramikplakette gewesen, eine fröhliche kleine Insel in einem Meer von Eis. Doch sie war verschwunden, und ihre Stelle nahm das Bild ein, das Patrick so erschreckt hatte, und das mit seinem reich ornamentierten Holzrahmen und seinen satten Farben den Raum beherrschte und seine Nüchternheit unterstrich.

»Der Gärtner hat mir geholfen, es aufzuhängen. Komisch, aber einen Moment lang hatte ich wirklich Angst, daß ihm schlecht würde.« Sie streichelte zerstreut die opalisierende Muschel, und als er ihr, durch die Bewegung irritiert, auf die Hand blickte, merkte er, was sich verändert hatte. Tamsin hatte ihren Ehering abgelegt.

»Sie schaut einen immer an, genau wie die Mona Lisa«, sagte Tamsin.

Es stimmte. Sooft man auch den Standort wechselte, Salomes Augen schienen einem überallhin zu folgen.

»Ist es wertvoll?« fragte er, eingedenk der Riesensummen, die reiche Sammler für solche Monstrositäten zu zahlen pflegten.

»O nein. Mrs. Prynne sagte, es wäre höchstens zwanzig Pfund wert.«

Sie betrachtete noch immer das Bild, blieb aber von dessen latentem Sadismus völlig unberührt. Vermutlich sah sie es noch immer mit den Augen des kleinen Mädchens, das die schöne Dame unbefangen bewundert und als Bestandteil seiner kindlichen Märchenwelt gläubig hingenommen hatte. Was dem einen sin Uhl, ist dem anderen sin Nachtigall ...

»Patrick ...«, wollte Greenleaf sagen, aber er brachte es nicht über sich, den Namen in Tamsins Gegenwart laut auszusprechen.

»Was hast du, Liebling? Ist der kleine Junge –«

»Nein, nein, es geht ihm schon besser. Morgen schau ich noch mal nach ihm.«

»Du warst so lange fort.«

Greenleaf begann im Zimmer auf- und abzuwandern. Wider seinen Willen kreisten alle seine Gedanken beständig um Patricks Tod. Falls tatsächlich hinreichender Grund zum Mordverdacht bestand, wäre es dann nicht seine Pflicht, die Behörden zu informieren und dafür zu sorgen, daß der Gerechtigkeit Genüge getan wurde? Oder wäre es nicht vielleicht doch besser, vorher auf eigene Faust Nachforschungen anzustellen, um sicherzugehen, daß der Verdacht wirklich stichhaltig war? Es widerstrebte ihm, Marvell in diesem Stadium zu Rate zu ziehen, denn er war als Arzt an seine Schweigepflicht gebunden. Aber es gab einen Menschen, dem er vertrauen konnte, vor dem er nie Geheimnisse gehabt hatte. Er konnte Bernice sein Herz ausschütten. Vielleicht würde sie ihn auslachen, und das war es, worauf er insgeheim hoffte; er wollte von ihr hören, daß er bloß überarbeitet sei und unbedingt ausspannen müsse.

Aber sie lachte ihn nicht aus, sondern sagte versonnen: »Tamsin und Oliver ... ja, das erscheint mir glaubhaft.«

»Wirklich?«

»Also, ich bin ja nicht blind, und wie sie auf der Party miteinander tanzten, das mußte einem doch zu denken geben. Außerdem habe ich Tamsin und Patrick nie für besonders glücklich gehalten; dazu waren sie zu verschieden.«

»Aber Patrick und Freda Carnaby? Freda als Tamsins Nachfolgerin?«

Bernice zündete sich eine Zigarette an. »Ist dir nie aufgefallen, wie deutsch Patrick in seinem Wesen war? Seine Mutter war Deutsche, und er hat die ersten Lebensjahre, die ein Kind am stärksten prägen, in Deutschland verbracht. Er war peinlich ordentlich, bestand auf Sauberkeit und einen gutgeregelten Haushalt und wünschte sich vermutlich ein Hausmütterchen, deren Interessen sich auf Kinder, Küche, Kirche beschränkten. Und nun schau dir Tamsin an. Sie ist schlampig ... nicht bei sich selbst, dazu ist sie zu eitel ... aber in allem, was außerhalb ihrer eigenen Person liegt. Und das ging Patrick auf die Nerven.«

Greenleaf dachte an das Durcheinander in den Zimmern zurück, die Muschelschalen und Schneckenhäuser, aus denen Sand rieselte.

»Freda Carnaby ist da ganz anders ... sehr tüchtig und praktisch und adrett. Solange sie hier wohnt, hab' ich sie nie in langen Hosen oder mit nackten Beinen gesehen, Max. Und ich hab' immer wieder die Erfahrung gemacht, daß Frauen, die so enge spitze Schuhe tragen, wahre Putzteufel sind. Außerdem ... Patrick war grausam, weißt du, aber ich glaube nicht, daß er bei Tamsin weit damit kam. Sie ist zu verträumt und unzugänglich. Freda Carnaby hingegen! Die ist die geborene Masochistin.«

»Mag sein. Aber lassen wir die Carnabys mal beiseite. Was ist mit Oliver Gage? Ich kann mir vorstellen, daß er Tamsin gern heiraten würde.« Er grinste leicht. »Er sammelt Ehefrauen wie andere Leute Briefmarken. Aber Patrick wollte sich anscheinend ohnehin von Tamsin scheiden lassen. Warum hätte Gage ihn also ...«, er scheute geradezu davor zurück, es auszusprechen, »... töten sollen?«

Bernices Antwort überraschte ihn. »Er kann ziemlich heftig werden.«

»Wer? Oliver Gage?«

»Ich weiß es von Nancy. Sie war natürlich sehr stolz darauf.«

»Worauf?«

»Nun, als Oliver sie kennenlernte, war sie mit einem Vetter seiner zweiten Frau verlobt. Offenbar legte es Oliver planmäßig darauf an, sie dem anderen abzujagen. Ein sonderbarer Ehrgeiz, nicht? Eines Tages spielten Oliver und der Verlobte in Olivers Haus Billard, und Nancy kam dazu. Und als der Verlobte irgendeine spitze Bemerkung machte, erklärte sie ihm rundheraus, sie hätte ihn satt und würde Oliver heiraten. Daraufhin kriegten sich die zwei Männer in die Wolle, und das Ende vom Lied war, daß Oliver dem anderen mit dem Billardstock über den Kopf hieb.«

Greenleaf lächelte ungläubig.

»Da gibt's nichts zu lachen, Max. Er schlug den Burschen k.o.«

»Na schön, aber zwischen einer Prügelei und einem Giftmord ist doch ein himmelweiter Unterschied. Laut Freda Carnaby ging er mit einem weißen Päckchen zu den Selbys hinüber. Andererseits war Glover bei seiner Untersuchung wirklich sehr gründlich.« Er seufzte. »Toxikologie und forensische Medizin haben mich nie besonders interessiert. Aber ich komme am Ende immer wieder auf die Frage zurück: falls Patrick getötet worden ist, womit wurde er dann getötet?«

»Vielleicht mit einem von diesen Insektiziden«, meinte Bernice, »vor denen in der Zeitung beständig gewarnt wird? Es heißt doch immer, daß sie keine Spuren hinterlassen.«

»Im Körper vielleicht nicht. Aber es wären andere Spuren vorhanden gewesen ... von schwerem Erbrechen beispielsweise. Und das Bettzeug war gebraucht ... ich meine damit nicht, daß es schmutzig war, sondern eben nur nicht schrankfrisch.«

»Sehr umsichtig von dir.« Bernice griff nach den Zigaretten, fing den mahnenden Blick ihres Mannes auf und ließ die Hand sinken. »Und übrigens, welches Motiv hätte Gage eigentlich gehabt? Eine Scheidung ist doch heutzutage kein Problem mehr. Allerdings hätte er als Schuldiger die Kosten beider Scheidungsprozesse tragen müssen, wozu dann noch die Alimente für Nancy hinzugekommen wären.«

»Ja, aber vergiß nicht, daß Tamsin eigenes Vermögen hat.«

Greenleaf schlug mit der Faust auf die Sessellehne. »Jeder, mit dem ich rede, kommt mir mit diesem Argument. Privatvermögen, meinetwegen ... aber wie hoch ist es eigentlich, das möchte ich gern mal wissen! Einige hundert Pfund? Mehrere Tausend? Ein paar hundert Pfund mehr im Jahr schlagen bei einem Mann in Olivers Position kaum zu Buche. Das Geld, das er durch den Mord an Patrick gespart hätte, wäre für die Scheidung von Nancy draufgegangen. Und Tamsin –«

Bernice machte große Augen. »Du glaubst doch nicht, daß Tamsin ...?«

»Es kommt zuweilen vor, daß ein Ehepartner den anderen tötet.«

Sie stand auf und ging zu ihm hinüber. Er nahm ihre Hand.

»Sorg dich nicht zu sehr«, sagte er sanft. »Vielleicht bin ich nur urlaubsreif.«

»Ach, Liebster, versuch doch, das Ganze zu vergessen. Ich habe

Angst. Hier in Linchester passieren solche Dinge nicht.«

»Niemand kann hören, worüber wir sprechen.«

»Das weiß ich. Aber ein Verdacht, den man laut ausspricht, wird greifbar. Man kann nicht mehr so tun, als gäbe es ihn nicht.«

»Setz dich, Bernice, und hör zu. Über eins müssen wir uns klar sein: falls Patrick ermordet wurde, dann muß Tamsin daran beteiligt gewesen sein. Nachdem ich mich verabschiedet hatte, ist sie sofort zu Bett gegangen . . . das hat sie mir selber gesagt. Und du willst mir doch nicht erzählen, daß jemand ohne ihr Wissen und ohne daß der Hund angeschlagen hätte, ins Haus eindringen konnte.«

»Du sagtest, sie wäre glücklich.«

»Jetzt? Ja, jetzt ist sie glücklich. Ich glaube, sie ist froh über Patricks Tod. Als ich es ihr sagte, vergoß sie keine Träne; aber später fand ich sie neben dem Hund, und da hatte sie die Arme um seinen Hals gelegt und weinte. Weißt du, Bernice, ich glaube, sie weinte vor Erleichterung.«

»Was wirst du in der Sache unternehmen?«

»Keine Ahnung . . . vermutlich gar nichts. Ich kann doch nicht herumgehen und die Leute wie ein Detektiv ausfragen.« Er hielt inne und horchte. Die Haustür wurde aufgeschlossen, und er hörte, wie die Jungen in die Diele polterten. Und wenn die Frauen weiterhin tratschen, dachte er, wenn Nancy und Freda damit fortfahren, Carnaby und Gage umschichtig des Mordes zu bezichtigen, dann kann ich meine Praxis bald zumachen.

11

»Eine große Dose Zinksalbe, sechs Pakete Windeln, zwölf Gläser Babynahrung . . .« Mr. Waller zählte die einzelnen Posten blitzschnell zusammen. »Vorbei sind die Tage des Breichenkochens und Windelwaschens. Ich sage immer, ihr modernen jungen Mütter wißt gar nicht, wie gut ihr's habt. Eine große Dose Babypuder und das Virol.« Er schob die Sachen zu Linda hinüber, die sie verpackte und in einer Plastiktüte verstaute. »Ich fürchte, das macht drei Pfund sieben, Mrs. Smith-King. Wenn man's rasch sagt, hört es sich nicht so schlimm an, wie?«

Joan Smith-King reichte ihm eine neue Fünfpfundnote.

»Es läuft fürchterlich ins Geld, mit fünf Kindern in die Ferien zu fahren«, antwortete sie und gab Jeremy, der sich für das kunstvolle Arrangement der Badekappen aus Nylonhaar interessierte, einen

Klaps auf die Finger. »Und dabei muß ich schon froh sein, daß wir überhaupt fortkommen. Mein Mann hat sich in den letzten Wochen sehr geplagt, aber jetzt läuft der Betrieb wieder, und er kann's sich leisten, ein bißchen auszuspannen.«

»Hier, Mrs. Smith-King.« Waller gab ihr das Wechselgeld zurück. »Sind Sie sicher, daß Sie allein zurechtkommen? Miss Gaveston hilft Ihnen gern. Was soll's sein, Mr. Marvell?«

»Zwei Dutzend Aufklebeetiketten, bitte«, sagte Marvell, der als Nächster an der Reihe war. »Ich fange in ein, zwei Tagen mit dem Honigschleudern an.« Er steckte die flache Tüte ein und verließ mit Joan den Laden. Am Straßenrand war Greenleafs Wagen geparkt, und der Arzt kaufte gerade am Zeitungskiosk das Lokalblatt.

»Haben Sie's schon gesehen?« fragte Joan Smith-King. »Im Inseratenteil. Es springt einem direkt in die Augen.«

Greenleaf schlug die betreffende Seite auf und mußte Joan recht geben; die Anzeige in der Immobilienspalte war in der Tat nicht zu übersehen: »Moderne Villa mit allem Komfort in Linchester, nur zehn Meilen von Nottingham, große Wohndiele, Eßzimmer mit Patio, Einbauküche, drei Schlafzimmer, zwei Bäder, großer, gepflegter Garten.«

»Sie kann das Haus wohl gar nicht schnell genug loswerden«, sagte Joan. »Ich werde froh sein, wenn der Köter endgültig verschwindet. Meine Kinder haben eine Todesangst vor Hunden.« Jeremy, der an ihre Knie geschmiegt aufmerksam zuhörte, lernte durch die Worte seiner Mutter Furcht kennen. »Sie werden's vielleicht nicht glauben, aber Patrick Selby war drauf und dran, uns geschäftlich zu ruinieren, bloß weil Den den Hund ein einziges Mal geschlagen hat. Also wirklich! Man stelle sich vor, bloß wegen eines Köters eine ganze Familie vorsätzlich zugrunde zu richten!«

»Kein Schaden tat der Biß dem Hunde, der Mensch jedoch starb an der Wunde«, murmelte Marvell.

»Nein, schauen Sie . . . so hab' ich's nicht gemeint . . .« Eine tiefe Röte verbreitete sich in ihrem unschönen Gesicht mit den Hängebacken. Sie wich zurück. »Ich kann Sie leider nicht mitnehmen, weil ich den Wagen voller Kinder habe.«

»Kommen Sie.« Greenleaf warf die Zeitung auf den Rücksitz. Marvell stieg zu ihm ein.

»Pardon«, sagte er, »ich weiß, meine Schnüfflermethoden gefallen Ihnen nicht, aber sie sind doch recht erfolgreich, nicht? Komisch, wie unbeliebt Patrick war! Er ödete seine Frau an, kam

kam dem Liebhaber seiner Frau in die Quere ... o ja, auch darüber bin ich inzwischen im Bilde ... und der Bruder seiner Freundin graulte sich vor ihm. Sogar ich war nicht gut auf ihn zu sprechen, weil er die alten Bäume auf seinem Grundstück fällen ließt. Edith Gaveston hatte ihn auf dem Kieker, weil er bei ihren Kindern den Herrgott spielte, und nun kommt auch noch Smith-King dazu. Möchte wissen, was Patrick gegen den im Schilde führte, Max. Mir hat er mal was von Expansion erzählt. Halten Sie's für möglich, daß Patrick vorhatte, Smith-Kings kleinen Betrieb zu schlucken?«

»Auf dem Ohr bin ich taub.«

»Smith-King hat eine Arzneimittelfabrik ... hauptsächlich Drogen ... Es ist Ihnen doch wohl klar, was das bedeutet. Oder nehmen wir Linda, die bei Waller arbeitet und vermutlich nicht darüber erhaben ist, für ihre Mutter gelegentlich was Alkoholisches zu organisieren. Und was ist mit dem Zeug, dem Wesprit?«

Bernice hatte auf Insektenvertilgungsmittel hingewiesen. Greenleaf schwankte, bis ihm wieder einfiel, welche Antwort er seiner Frau gegeben hatte. »Sie sollten das lieber aufstecken, wissen Sie. Es kommt nichts dabei heraus als Ärger. Es konnte nämlich niemand unbemerkt ins Haus eindringen, weil Tamsin da war.«

»Aber nicht die ganze Zeit. Nachdem Sie weg waren, ging Tamsin noch mal aus.«

»Was!« Greenleaf blinkte und schwenkte nach rechts in die Long Lane. »Woher wissen Sie das?«

»Weil sie zu mir kam«, sagte Marvell.

Greenleaf hatte ursprünglich vorgehabt, Marvell vor dessen Behausung abzusetzen und geradewegs heimzufahren. Doch Marvells Aussage zeigte die Dinge plötzlich in einem ganz neuen Licht. Er stellte den Motor ab, zog die Handbremse an, stieg auch aus und folgte Marvell zum Haus.

»Sie brachte mir die Johannisbeeren. Vielleicht erinnern Sie sich noch ... Aber nein, Sie können's gar nicht wissen, weil Sie erst so spät kamen. Vor der Party hatte Tamsin Johannisbeeren für mich gepflückt, aber in all der Aufregung vergaß ich sie, und deshalb brachte Tamsin mir den Korb. Es muß gegen Mitternacht gewesen sein.«

Mitternacht, dachte Greenleaf, und sie war mutterseelenallein durch den Wald gegangen, war von zu Haus fortgegangen, obwohl

Patrick – zwar nicht im Sterben, aber doch krank und von Schmerzen gepeinigt im Bett lag. Und all das nur eines Korbes Johannisbeeren wegen! Es war hoffnungslos . . . die Eigenarten des englischen Landlebens würde er nie begreifen. Tamsin hingegen war daran gewöhnt; sie hatte in den letzten zwei Jahren unter Marvells Anleitung so viel darüber gelernt, als hätte sie ihre Kindheit in Wald und Feld verbracht.

»Ich saß am Fenster und las in meinem Manuskript, da sah ich sie plötzlich unter den Obstbäumen auftauchen.« Marvell bückte sich, um eine Stockrose, die der Wind geknickt hatte, hochzubinden. »In dem silbernen Kleid sah sie wie ein Nachtschmetterling aus. Patrick mochte keine kräftigen Farben. Sie trug den Korb und die Basthandtasche, die Edith Gaveston ihr zum Geburtstag geschenkt hatte. Es . . . nun, es überraschte mich einigermaßen, sie zu sehen.« Er richtete sich auf und betrat die Veranda. Es schien Greenleaf, als wäre er verlegen, denn während er die Topfblumen auf dem Fensterbrett goß, hielt er das Gesicht abgewandt.

»Sie kam den ganzen weiten Weg, um Ihnen ein paar Johannisbeeren zu bringen?«

Marvell ignorierte die Frage. Statt dessen sagte er: »Außer Ihnen und Bernice schließt hier kein Mensch die Haustür ab. Es hätte also jeder zu Patrick hinaufgehen können. Ich begleitete sie nachher bis zu ihrem Gartentor zurück.« Er schlug plötzlich heftig auf ein langes lanzettenförmiges Blatt und fuhr zu Greenleaf herum. »Mein Gott, Max, wäre ich mit hineingegangen, dann hätte ich vielleicht noch was tun können.«

»Aber Sie ahnten doch nichts.«

»Und Tamsin . . .?«

»Die nahm natürlich an, daß er schläft«, äußerte Greenleaf mit mehr Zuversicht, als er empfand. »Warum kam Tamsin nun eigentlich wirklich zu Ihnen?«

»Tut mir leid, aber das kann ich Ihnen nicht sagen.«

Greenleaf musterte ihn verwundert und im Zweifel darüber, ob Marvell es tatsächlich nicht wußte oder nur nicht darüber sprechen mochte. Doch Marvell war offenbar nicht gewillt, sich genauer darüber auszulassen, und so verabschiedete sich der Arzt bald darauf.

Entgegen seinem festen Vorsatz, am Parktor abzubiegen, fuhr er geradeaus weiter ins Dorf hinunter. Ein vages Gefühl des Unbehagens, der Besorgnis angesichts der Tatsache, daß Tamsin Patrick in der Nacht seines Todes alleingelassen hatte, zwang ihn dazu.

»Ich möchte eine Dose Wesprit«, sagte er, Wallers überschwengliche Begrüßung kurz abschneidend. Statt Linda zu rufen, holte der Apotheker das Insektenspray selber.

»Absolut ungefährlich für alle Warmblüter . . .« Waller stockte. »Das heißt . . . Na, *Ihnen* brauche ich das ja nicht zu sagen, Doktor.«

Zu Haus füllte Greenleaf eine Probe von dem Insektizid in ein Fläschchen um und verpackte es. Vermutlich war es abwegig und unglaublich albern, sich vorzustellen, wie Edward Carnaby sich nachts mit dem Wesprit zu Patrick schlich, und sich zu fragen, ob Freda die Geschichte von Gage und dem weißen Päckchen nur erfunden hatte, um ihren Bruder zu decken. Achselzuckend ging Greenleaf zum Wagen, fuhr zur Post und schickte die Probe weg, um sie analysieren zu lassen.

12

Mit der Extraladung Sperrmüll, die sie an der Hintertür der Villa Eden erwartete, hatten die Müllmänner der Gemeinde Chantflower nicht gerechnet. Sie schimpften laut über die zusätzliche Schinderei, die ihre Bandscheiben strapazierte, aber keinen Überstundenzuschlag einbrachte. Queenie stand auf der Treppe und bellte aus Leibeskräften.

»Wenn du das Zeug zu Mrs. Greenleaf rüberschaffst, kriegst du einen Schilling von mir«, sagte Tamsin zu Peter Smith-King. Er war erst zehn und musterte die zwei Koffer bedenklich. »Na, komm schon, sie sind nicht sehr schwer, und du kannst ja zweimal gehen. Sag ihr, sie sind für Ofam.«

Der kleine Bub überlegte und ging dann heim, um seine Schubkarre zu holen. Er karrte mit seiner Fuhre am Teich vorbei, wo er haltmachte und Steine nach den Schwänen warf. Bernice saß im Garten und hatte Nancy Gage und Edith Gaveston zum Kaffee bei sich.

»Dürfen wir mal hineingucken?« fragte Nancy. Ohne die Erlaubnis abzuwarten, hockte sie sich vor den größeren Koffer und schlug den Deckel zurück. Obenauf lag eine mit Blumen bestickte Basttasche.

»Ach, du liebes bißchen!«

Edith errötete.

»Ich hab' natürlich gleich gemerkt, daß sie ihr nicht gefiel«, sagte sie. »Aber trotzdem . . .!«

»Takt ist nicht Tamsins starke Seite«, sagte Nancy lustvoll.

Edith grapschte sich die Tasche und schaute hinein.

»Sie hat's noch nicht mal für nötig gehalten, das Seidenpapier herauszunehmen.«

Nancy kicherte. »Möchte wissen, was eine hungernde Inderin mit der Tasche anfangen soll.« Und ihre Augen wurden kugelrund, als sie sich vorstellte, wie eine ausgemergelte Bäuerin Ediths Geburtstagsgabe gegen die lumpenverhüllte Brust drückte.

»Aber die Kleidungsstücke können wir gut brauchen«, sagte Bernice friedlich.

Entgeistert starrte Nancy auf Hosen und T-Shirt, die Mrs. Greenleaf hochhob. Es waren die Sachen, die Patrick am Abend vor seinem Tode getragen hatte; sie erinnerten, obschon sauber gewaschen und gereinigt, an Sterbehemd und Leichentuch. Nun gab's für Nancy kein Halten mehr. Unverfroren kramte sie in beiden Koffern herum.

»Zwei Anzüge, Schuhe, Gott weiß wie viele Hemden! Unterwäsche! Patricks gesamte Garderobe! So was ist mir doch noch nicht vorgekommen!«

»Also, wenn's Paul gewesen wäre . . .« Und Edith beschrieb umständlich, auf welche Weise sie nach dem Tode ihres Mannes über seine Kleidung verfügen würde. Unterdessen machte Bernice die Koffer stillschweigend zu und ging ins Haus, um die Kaffeekanne aufzufüllen.

Als sie nach ein paar Minuten zurückkam, merkte sie an Nancys Gesichtsausdruck, daß sich das Gespräch inzwischen einem anderen, sehr viel spannenderem Thema zugewandt hatte. Die beiden Frauen trugen eine perfid-lüsterne Verleumdermiene zur Schau; und im Näherkommen fing sie die Worte »seelisch labil« und »überspannt alle miteinander« auf.

»Die Einzelheiten kenne ich natürlich nicht«, sagte Nancy gerade.

»Bitte, keine Milch, Bernice.« Edith nahm sich ein Stück Zucker in ihren Kaffee und rührte um. »Also, Mrs. Selby . . . damit meine ich Patricks Mutter . . . die ging mit einem anderen Mann durch. Fragen Sie mich nicht, warum. Sie war seit Jahren verheiratet, und die Ehe war allem Anschein nach glücklich. Stellen Sie sich vor, meine Liebe, sie war damals an die Fünfzig, und der Mann, mit dem sie durchbrannte, war noch älter. Später bat sie Patricks Vater um die Scheidung, und er willigte ein, aber . . .«

»Ja?« Nancys Augen funkelten.

»Aber an dem Tag, an dem die Scheidung rechtskräftig wurde,

brachte sich Patricks Vater um . . . mit Gas.«

»Nein!«

»Es gab einen furchtbaren Skandal, meine Liebe; die Zeitungen waren voll davon. Und das war noch nicht alles. Die alte Mrs. Selby – Patricks und Tamsins Großmutter – machte bei der Leichenschau eine Szene und schrie, daß ihr Sohn ohne die Scheidung noch am Leben wäre.«

Bernice rückte mit ihrem Stuhl in den Schatten. »Ihre Phantasie geht mit Ihnen durch, Edith. Sie können das doch gar nicht so genau wissen.«

»Im Gegenteil, ich weiß es sogar ganz genau.« Edith erhob sich würdevoll – ganz und gar die Dame von Stand auf der Besuchsrunde. »Ich habe nämlich seinerzeit den Bericht in der ›Times‹ gelesen, und als Nancy den Selbstmord erwähnte, besann ich mich wieder darauf. Selby, ein Glaswarenfabrikant. Kein Zweifel, daß es sich um die gleiche Familie handelt.«

»Das ist alles sehr traurig.« Bernices Miene war so streng, daß Nancy, Kuchenkrümel um sich verstreuend, aufsprang.

»Ich muß leider auch gehen. Ach, Bernice, beinahe hätte ich vergessen, was ich Sie fragen wollte. Wissen Sie noch, wie der Mann heißt, der Ihre Gartenlaube errichtet hat?«

»Nein, leider nicht. Danach müssen Sie Max fragen.«

Nancy wartete vergebens auf die Frage, wieso sie den Namen wissen wollte. Doch Bernice war so wenig neugierig, daß Nancy schließlich unaufgefordert damit herausrücken mußte. »Wir beabsichtigen jetzt endlich den Anbau machen zu lassen, aber Oliver findet Henry Glide ein bißchen zu teuer. Eine Loggia . . .«, sie legte eine bedeutungsvolle Pause ein, ». . . sozusagen als Parkplatz für den Kinderwagen!«

»O, Nancy, Sie sind doch nicht etwa . . .? Wie schön für Sie!«

Lachend zog Nancy den Bauch ein. »Nein, es ist noch nicht so weit. Aber Oliver sagt, wenn ich möchte, können wir jederzeit ein Baby starten. Er ist so süß zu mir wie schon seit Monanten nicht mehr . . . geradezu frisch verliebt. Männer sind doch wirklich das letzte, nicht?«

Ich müßte mich wohl bei Tamsin für die Kleidungsstücke bedanken, dachte Bernice, nachdem ihre Kaffeegäste gegangen waren. Aber es kostete sie einige Überwindung. Kaum jemand hatte Tamsin seit ihrer Rückkehr zu Gesicht bekommen. Sie hielt sich in ihrem Schloß verborgen wie Dornröschen oder wie die böse Fee.

Bernice konnte sich nicht klar darüber werden, ob Tamsin wirklich schlecht war, oder ob ihre vom Dorfklatsch beeinflußte Phantasie ihr nur ein Zerrbild von Tamsin vorgaukelte, das mit der Wirklichkeit nichts gemein hatte. Immerhin blieb ihr korrekterweise nichts anderes übrig, als hinüberzugehen und sich zu bedanken.

Am Teich stieß sie auf Peter, der auf seiner Schubkarre hockte und flache Steine über das Wasser hüpfen ließ.

»Ich wollte mir meinen Schilling holen«, erklärte er, »aber es war niemand da . . . außer dem Hund.«

Obwohl er Queenie nur beiläufig erwähnte, hörte Bernice sehr wohl die unterschwellige Furcht heraus. »Ich bin auf dem Weg dorthin. Wenn du willst, kannst du mich begleiten.«

Queenie lag auf der Vortreppe; folglich konnte auch Tamsin nicht weit sein. Wenn Tamsin ohne den Hund ausging, schloß sie ihn immer in der Küche ein. Was hatte Max gestern abend über Tamsins nächtlichen Besuch bei Crispin Marvell erzählt? Während sie den Hund am Hals kraulte, war es ihr, als müßte es gleich klicken. Aber Tamsins Stimme machte alles zunichte.

»Kommt rein. Ich war im Bad.«

Peter kurvte um den Hund herum.

»Geht ins Eßzimmer. Ich bin gleich unten.«

Bernice stieß die Haustür auf, und Peter peilte gehorsam das Eßzimmer an, während Bernice in der Diele wartete, um den Besuch möglichst kurz zu machen. Wider Erwarten blieb Peter wie versteinert auf der Schwelle stehen und guckte mit weitaufgerissenen Augen. Dann wich er langsam zurück und drehte sich zu Bernice um. Sein Gesicht war bleich, aber ausdruckslos.

»Uuuh«, sagte er und schüttelte sich.

Sie begriff sofort, was er gesehen hatte, und zog die Tür energisch zu. Dann wandte sie sich um und rang unwillkürlich nach Luft. Tamsin stand vor ihr, stand unheimlich dicht vor ihr, frisch und glänzend wie eine Wachspuppe in ihrem rosa und weiß gestreiften Morgenrock. Bernice wurde von blinder Furcht gepackt. Tamsin war so lautlos aufgetaucht, und sämtliche Türen waren zu.

»Was hat der Junge?«

Wäre er ihr Kind gewesen, hätte Bernice ihn an sich gedrückt und ihm Mut zugesprochen. Aber sie konnte ihm keinen Trost spenden, weil er für eine Umarmung zu alt und für eine Erklärung zu jung war. Ihre Stimme schwankte, als sie antwortete: »Er hat das Bild gesehen, glaube ich.«

»Seltsam ...« Tamsin starrte Peter an, als sähe sie nicht ihn, sondern jemand anders. »Patrick war ungefähr in deinem Alter, als er das Bild zum erstenmal sah. Aber er hatte nicht so viel Schneid wie du. Er rannte weg und dann passierte es ... ihr könnt euch von der Aufregung und dem Durcheinander keine Vorstellung machen.«

Bernice wollte sich gerade nach Einzelheiten erkundigen, da sagte Peter mürrisch: »Kann ich jetzt meinen Schilling haben?«

»Aber natürlich ... er liegt da drüben auf dem Tisch.«

Der Bann war gebrochen, der Augenblick der Wahrheit ungenutzt verstrichen. Wohl in der Annahme, daß Bernice nur zu Peters moralischer Unterstützung mitgekommen wäre, brachte Tamsin beide zur Tür.

»Ich wollte mich bei Ihnen für die Kleider bedanken.«

»Freut mich, daß Sie sie gebrauchen können. Und nun muß ich euch beide rauswerfen. Ich erwarte nämlich Leute, die das Haus besichtigen wollen.«

Edith hörte in Linchester als erste vom Verkauf der Villa, und zwar durch den Gärtner, den sich die Gavestons mit Tamsin teilten. Sowie sie die Neuigkeit erfahren hatte, schlüpfte sie aus dem Haus, um sie an Mrs. Glide weiterzugeben. Dann erspähte sie über den Zaun hinweg Crispin Marvell, der mit seinen paar bescheidenen Einkäufen auf dem Heimweg war.

»Gestern haben sie's besichtigt und ihr auf der Stelle ein Angebot gemacht. Diese Neureichen kaufen und verkaufen Häuser, als wär's nur Plunder.«

Marvell lauschte mit ernster Miene.

»Also, in meiner Jugend, da war ein Haus noch ein Haus. Es vererbte sich vom Vater auf den Sohn, und es stand da wie auf Fels gebaut.«

Er lächelte und murmelte irgendwelche Belanglosigkeiten, während es in seinem Kopf fieberhaft arbeitete. Tamsin würde also demnächst verschwinden, sich aus dem Staub machen ... Nachdenklich wanderte er zur Villa Schalom hinüber, aber bei den Greenleafs war niemand zu Hause. Er kritzelte eine Nachricht und ließ den Zettel, mit einem Stein beschwert, auf der Hintertreppe zurück.

Dort fand ihn Greenleaf, als er gegen ein Uhr heimkam.

»Können Sie heute nachmittag bei mir vorbeischauen? Ich habe Ihnen etwas zu erzählen. C.M.«

Greenleaf seufzte. Nach Tamsins Wegzug würde sich der Klatsch wohl bald totlaufen. In vierzehn Tagen begann sein Urlaub, und wenn er zurückkam, war vermutlich längst Gras über die Geschichte gewachsen. Und Marvell wollte ihn wahrscheinlich wegen der Selbys sprechen. Bei ungewöhnlich heftigen Anfällen von Heufieber hatte ihn Marvell mehr als einmal zu sich bestellt, und da er kein Telefon hatte, war er gezwungen, eine Nachricht zu schicken oder selber vorbeizukommen. Es war sogar möglich, daß er dem Arzt sein endlich fertiggestelltes Manuskript zeigen wollte. »Ich habe Ihnen etwas zu erzählen . . .« Nein, es konnte sich nur um Patrick handeln. Er seufzte abermals und machte sich über den kalten Lunch her, den Bernice ihm hingestellt hatte.

Auf der Bank neben der Hintertür studierte Marvell ein Rezept für Obstlikör. Es war ein altes Rezept, noch aus der Zeit, da seine Mutter Schloßherrin von Linchester gewesen war; sein Ursprung lag weit zurück, denn es hatte sich seit Generationen von der Mutter auf die Tochter vererbt. Brandy, Pfirsichkerne, Zucker, Honig, Orangenblütenwasser . . . Er hatte weder Pfirsiche noch das Geld, welche zu kaufen. Das Rezept schrieb fünfhundert Kerne vor, und während er sich in der warmen Sonne aalte, malte er sich entzückt die abenteuerliche Vorarbeit zur Likörherstellung aus: fünfhundert reife Pfirsiche zu verspeisen.

Nach einer Weile stand er auf und begann einen Rundgang ums Haus, dessen Ziegelmauern ebenfalls die Farbe reifer Pfirsiche angenommen hatten. Als er zur Schmalseite kam, wo Henry Glide den Riß entdeckt hatte, ein furchtbares Warnzeichen dafür, daß der gesamte Bau am Absacken war, da schloß er die Augen und sah nur einen roten Spiralnebel. Aber weil er sich nichts vormachen und den Tatsachen stellen wollte, zwang er sich dazu, mit den Fingern behutsam den Spalt abzutasten.

Er zuckte zusammen, als sich Greenleaf hinter ihm räusperte.

»Ein Penny für Ihre Gedanken.«

»Sie sind mehr wert«, sagte Marvell obenhin. »Um genau zu sein, eintausend Pfund.«

Greenleaf sah ihn fragend an.

»Das ist der Preis, den Glide mir für das Grundstück geboten hat.«

»Sie wollen verkaufen? Aber ich dachte, Sie hängen an all dem . . .« Greenleafs kreisförmige Armbewegung umfaßte das niedrige schmucke Haus, den kurzgehaltenen dichten grünen Rasen, den Obstgarten, die von Geißblatt überrankte Weißdornhekke. Ihm selber bedeutete das alles sehr wenig, aber von seinen freundschaftlichen Gefühlen beflügelt hatte er verstehen gelernt, wieviel es Marvell bedeuten mußte. Sogar er, der geborene Stadtmensch, dem es noch immer schwerfiel, eine Lilie von einer Rose zu unterscheiden, spürte, daß die Luft hier oben lieblicher und die Sonnenhitze erträglicher war. »Das Haus . . . es ist so alt und fast eine Kuriosität . . .« Er fügte hilflos hinzu: »So etwas ist derzeit begehrt. Die Leute zahlen Liebhaberpreise dafür.«

Marvell schüttelte den Kopf. Er hatte noch das Kochbuch unter dem Arm, und allmählich festigte sich in ihm der Entschluß, den Obstlikör doch noch anzusetzen . . . nur ein kleines Quantum, dachte er, um es zur Erinnerung mitzunehmen . . .

Laut sagte er: »Das Haus ist baufällig und nach Ansicht des Gemeinderats abbruchreif. Ich hatte Glide zur Inspektion hier; er bestätigte das Urteil und bot mir tausend Pfund für das Grundstück.«

»Seit wann wissen Sie das schon?«

»Oh, seit einem Monat etwa. Tausend Pfund ist ein guter Preis, wissen Sie. Als die Marvells die vier Häuschen seinerzeit für vier arme alte Leute bauen ließen, war es ihnen egal, daß sie nur über einen steilen lehmigen Feldweg zu erreichen sind, und die armen Schlucker waren zu dankbar, um sich darüber zu beklagen.«

»Das tut mir leid«, sagte Greenleaf bekümmert. »Wo werden Sie wohnen?« Zahllose Fragen schossen ihm durch den Kopf: Haben Sie Geld? Wovon wollen Sie leben? Müssen Sie sich von Ihren Schätzen trennen? Aber es war undenkbar, sie laut auszusprechen. Die Nähe von Linchester verlieh der Armut – stärker als sonstwo – einen anrüchigen Beigeschmack.

»Ich werde mir irgendwo ein Zimmer mieten. Ich unterrichte womöglich. Und ich habe außerdem meine tausend Pfund. Sie ahnen nicht, wie lange ich davon leben kann.« Er lachte trocken auf; und Greenleaf, der ihn plötzlich mit anderen Augen sah, merkte zum erstenmal, wie dünn Marvell war. Beschämt überlegte er sich, ob er nicht ein paar Pfund locker machen könnte, ein kleines Darlehen, das Marvell über Wasser halten und es ihm ermöglichen würde, das Haus reparieren zu lassen. Aber Marvells nächste Worte verscheuchten vorerst alle diese Gedanken.

»Heute morgen auf dem Rückweg vom Dorf hab' ich Edith getroffen. Sie sagte mir, daß Tamsin das Haus verkauft hat.«

»Gott sei Dank«, sagte Greenleaf erleichtert. »Dann wird sie also demnächst von hier verschwinden.«

»Und da wir sie vermutlich beide nicht wiedersehen werden, halte ich's für statthaft, Ihnen zu erzählen, warum sie mich in der Nacht, in der Patrick starb, aufsuchte.«

Er sah sie noch immer vor sich, wie sie, den Korb hin und her schwenkend, unter den Obstbäumen näherkam; ein weißes Gespenst im Mondlicht, das im gelben Schimmer seiner Lampe noch fahler wurde. Trotz ihrer affektierten Sprache, den abgedroschenen Modeworten, die sie so oft wiederholte, daß sie nichtssagend wurden, war ihr Gesicht immer eine Maske gewesen. Sie trug gleichsam ein Visier, aber er war sich nie darüber schlüssig geworden, was sich dahinter verbarg: natürliche Schlauheit oder einfach ein Vakuum.

»Ich glaube, sie ist in Wirklichkeit sehr klug«, sagte er zu Greenleaf.

Zuerst hatte er sich aus dem Fenster gebeugt und sie angerufen und war dann hinausgegangen und hatte sich nach Patrick erkundigt.

»Ach, Patrick ... er hat mir meine Party total ruiniert, dieser Unglücksrabe.«

»Du hättest nicht allein durch den Wald gehen sollen. Die Johannisbeeren hätte ich mir auch morgen bei dir abholen können.«

»Crispin, Darling, was weiß denn ich, was du hier in deinem verzauberten Schloß machst? Es wäre doch möglich, daß du den Wein noch heute nacht zur Hexenstunde brauen willst.«

»Ich bringe dich nach Hause.«

Aber sie faßte ihn unter und zog ihn in die kleine, muffige Küche. Mit ihr kam die frische Nachtluft herein und der schwüle Duft ihres Parfüms, der so gar nicht zum würzigen Erdgeruch englischer Gärten paßte.

»Wir setzten uns und plauderten. Die Petroleumlampe stand zwischen uns; ihr schummriges warmes Licht hüllte uns ein ... wie ein Zelt; um uns herum war alles dunkel.« Marvell bewegte unbehaglich die Schultern, als wollte er eine Erinnerung abschütteln. »Und dann brachte sie das Gespräch auf uns beide.«

»Auf Sie und sich selber?«

»Ja. Sie sagte, wir hätten so vieles gemeinsam, liebten beide das Leben auf dem Land. Mir wurde ziemlich schwummrig, Max.«

»Das kann ich Ihnen nachfühlen. Und dann?«

»Nach einer Weile setzte sie sich neben mich auf einen Schemel, griff nach meiner Hand und sagte, daß sie mit Patrick nicht glücklich wäre, das hätte ich vermutlich längst erraten; sie wüßte auch, warum ich so oft in die Villa gekommen sei. Ich hätte sie wohl eigentlich auf diplomatische Art bremsen müssen, aber ich war wie vor den Kopf geschlagen; das alles war mir entsetzlich peinlich. Dann drückte sie mir die Hand und sagte, sie wäre sich über meine Gefühle klargeworden, als ich ihr zum Geburtstag den Met und die Rosen überreichte. Glauben Sie mir, Max, ich hatte überhaupt keine Hintergedanken dabei; es waren einfach die Geschenke eines Mannes, der es sich nicht leisten kann, einer hübschen Frau Schmuck oder Parfüm zu schenken.«

Greenleaf nickte.

»Plötzlich, aus heiterem Himmel, sagte sie: ›Patrick will sich von mir scheiden lassen. In einem Jahr bin ich frei, Crispin.‹ Das war ein unverblümter Heiratsantrag.« Marvell sprach fieberhaft weiter. »Dabei bin ich aufs Heiraten durchaus nicht erpicht. Erstens einmal kann ich's mir nicht leisten. Hier gelte ich allgemein als wohlhabend, aber in Wirklichkeit ging fast die gesamte Summe, die mein Vater für Linchester bekam, für die Erbschaftssteuer drauf. Der Rest fiel an meinen Bruder, meine Schwester und mich, und ich erwarb für meinen Anteil die vier Häuschen hier und das Grundstück; und der Umbau kostete mich auch noch einiges. Aber all das hab' ich Tamsin natürlich nicht gesagt, weil ich fürchtete, sie würde mir daraufhin ihr eigenes Geld anbieten.«

»Ihr mysteriöses Privatvermögen?«

»So mysteriös ist das gar nicht. Das Kapital beläuft sich auf zirka fünfzigtausend Pfund, aber das darf Tamsin nicht angreifen; sie kann nur über die Zinsen verfügen. Sie verstehen wohl, daß ich über das finanzielle Problem nicht mit ihr reden konnte. Statt dessen sagte ich, ich sei zu alt für sie. Ich bin fünfzig, Max, fast doppelt so alt wie sie. Es fehlte nicht viel, und sie hätte geweint. In meinem ganzen Leben war ich in keiner so abscheulich peinlichen Lage. Aber ich war nicht konsequent . . . wer wäre das an meiner Stelle schon gewesen? Ich sagte wahrheitsgemäß, sie sei die schönste und begehrenswerteste Frau, die ich kenne, und fügte hinzu: ›Wir wollen warten, bis das Jahr herum ist; vielleicht magst du mich dann gar nicht mehr.‹ Aber sie lachte bloß. Sie stand auf und sagte kühl: ›Patrick wird vermutlich Oliver Gage als Scheidungsgrund anführen. Ich hatte nämlich ein Verhältnis mit ihm.‹ Für mich hörte sich das an, als hätte sie mir zugedacht, was Gage übriggelassen hat.«

»War das alles?«

»So ziemlich. Ich schüttete dic Johannisbeeren in eine Schüssel und begleitete Tamsin heim. Auf dem Rückweg war sie stumm wie ein Fisch. Am Gartentor übergab ich ihr den leeren Korb und kehrte um.«

»Haben Sie irgendwen gesehen?«

»Nein, keine Menschenseele. Das Ganze war so absonderlich ... wie ein Traum. Aber Tamsins Verhalten am Tag darauf war noch absonderlicher. Als ich von Patricks Tod hörte, suchte ich sie auf ... ungern, Max, aber ich fühlte mich dazu verpflichtet. Sie war eiskalt ... keine Spur von Trauer, sondern innerlich gelöst und wie von einer Last befreit. Sie benahm sich so, als hätte unser nächtliches Gespräch überhaupt nicht stattgefunden. Nach ihrer Rückkehr von Mrs. Prynne traf ich sie dann noch mal mit Queenie in der Long Lane. Sie winkte mir zu und sagte hallo. Ich erkundigte mich, wie's ihr ginge, und sie sagte, gut, und sie hätte die Absicht, die Villa zu verkaufen und Linchester so bald wie möglich zu verlassen. Es war alles so beiläufig, als wären wir nie mehr als flüchtige Bekannte gewesen.«

»Merkwürdig«, sagte Greenleaf.

Marvell lächelte schief. »Mir fiel, offengestanden, ein Stein vom Herzen.«

13

Zwei Tage später fing Marvell mit dem Honigschleudern an. Er teilte Greenleaf mit, daß dieser sich sein Glas im Laufe des Nachmittags abholen könnte. Aber um halb vier saß der Arzt noch immer im Liegestuhl unter der Ulme und döste vor sich hin. Jedesmal, wenn er einnickte, wurde er von Träumen heimgesucht, quälenden bunten Bildern, die sein Unterbewußtsein ausspie; es waren hauptsächlich Momentaufnahmen der Salome, die entstellt und grotesk verzerrt immer wiederkehrten, bis der Kopf in der Silberschale Patricks Gesichtszüge angenommen hatten. Ein anhaltendes schrilles Läuten weckte ihn. Verstört irrte sein Blick umher; doch die vertraute Umgebung, das frische grüne Gras, der rauhe Segeltuchbezug unter seinen Händen besänftigten seine Erregung. In den letzten Tagen hatte er seinen Seelenfrieden fast wiedergefunden. Oder bildete er sich das nur ein? Lauerten sie nicht noch unter der Oberfläche, all die Zweifel, Ängste, Bedenken? Es läutete abermals, und da ging ihm auf, daß er das Geräusch nicht geträumt hatte, sondern daß es aus dem Haus vom Telefon kam.

Er lief hinein und nahm den Hörer ab. Es war Edward Carnaby.

»Ich dachte schon, ich würde Sie nicht erreichen«, sagte er vorwurfsvoll. »Es handelt sich um Cheryl, meine Tochter. Eine Wespe hat sie in die Lippe gestochen. Freda und sie machten so eine Art Picknick am Teich, und die Wespe saß auf einem Stück Kuchen . . .«

»In die Lippe?« Von Patrick wanderten Greenleafs Gedanken zurück zu dem toten Grubenarbeiter. »Nicht in den Mund?«

»Also, nicht direkt; es ist mehr die Innenseite der Lippe. Aber sie hat furchtbare Angst, und daran ist Freda schuld. Die zwei flennen um die Wette.«

»Ich komme.«

Die Carnabys hatten allerdings nur das eine Wohnzimmer. Trotzdem fand es Greenleaf merkwürdig, daß der gesamte Teppich mit Zeitungspapier bedeckt war, auf dem die Einzelteile eines demontierten Verbrennungsmotors herumlagen.

»Sie müssen die Unordnung entschuldigen.« Carnaby bekam schwarze Finger, als er vor dem Arzt hastig einige Hindernisse aus dem Weg räumte. »Das ist Anschauungsmaterial aus meinem Kursus. Ich hab's mir ausgeliehen, weil ich den Dreh irgendwie noch nicht –«

»Das ist doch jetzt wirklich nicht wichtig!« Freda saß auf dem Sofa und preßte das Kind mit Ringergriff an ihre weiße gestärkte Bluse. Während Greenleaf vorsichtig über diverse Eisenteile hinwegstelzte, musterte er besorgt Fredas angespannte Miene. Ihr hübsches Gesicht war verzerrt, und Tränen rannen ihr über die Wangen. »Um Gottes willen, Doktor, muß sie sterben?«

Cheryl versuchte sich aus der Umklammerung zu befreien und begann zu heulen.

»Ganz bestimmt nicht!« sagte Greenleaf barsch.

»Doch, sie wird sterben! Sie sagen das bloß so, um uns zu beruhigen. Man wird sie ins Krankenhaus schaffen, und wir werden sie nie wiedersehen.«

Der Arzt war verwundert über diesen Gefühlsausbruch, da Freda mit ihrer Nichte bisher nie viel hergemacht hatte. Der tiefe Schmerz über Patricks Tod war offenbar zum Nährboden einer neuentdeckten Mutterliebe geworden. Patrick, immer wieder Patrick . . . Er sah sich rasch nach dem ahnungslosen Carnaby um, wobei er sich fragte, wann der Laborbericht wohl eintreffen würde, und sagte dann scharf zu Freda: »Wenn Sie sich nicht beherrschen können, sollten Sie lieber hinausgehen.«

Sie schluckte und fuhr sich mit dem Handrücken über die Augen.

»Laß dich mal anschauen, Cheryl.« Er hob das Kind von Fredas Schoß und zog es sanft zum Fenster. Die geschwollene Unterlippe stand grotesk hervor und erinnerte ihn an die Fotos von Lippenscheiben, mit denen sich die Frauen gewisser afrikanischer Negerstämme verschönen. Er trocknete ihr die Tränen ab. »Du wirst ein paar Tage lang mit einem komischen Gesicht herumlaufen, aber das ist alles.«

Das Kind versuchte zu lächeln. Es strich sich die Haare aus der Stirn und blickte mit seinen großen charaktervollen Augen – Augen, die es von seiner Mutter geerbt haben mußte – zum Arzt auf.

»Mr. Selby hatte Wespenstiche. Ich war noch wach, als Daddy und Tante von der Party zurückkamen, und hörte sie darüber sprechen. Ich schlafe nie, wenn ein Sitter da ist.« Ihre Lippe zitterte. »Es war die alte Mrs. Staxton, und sie sagte, Wespen wären schrecklich gefährlich, und sie hätte solche Angst vor ihnen, und da sagte Daddy, er hätte ein gutes Mittel dagegen, und das könnte sie haben. Und sie nahm's mit nach Haus, und das war ein Glück für sie, weil Wespen nämlich wirklich gefährlich sind.« Greenleaf seufzte erleichtert; damit hatte sich der Laborbefund praktisch erledigt. Cheryl rief von blinder Furcht gepackt: »Mr. Selby ist tot, und Tante Freda hat gesagt, ich würde auch sterben!«

Greenleaf fischte Sixpence aus der Hosentasche. »Hier, damit kaufst du dir ein Eis. Ich hab' den Eismann vorhin am Teich gesehen. Wenn du dich beeilst, erwischst du ihn noch. Eis ist gut für deine Lippe.«

Als das Mädchen hinausrannte, sah ihr Freda traurig nach. Anscheinend nahm sie an, daß Greenleaf das Kind nur fortgeschickt hatte, um ihm das Schlimmste zu ersparen. Und sie war zutiefst beleidigt, als er statt dessen sagte: »Patrick Selby ist *nicht* an den Wespenstichen gestorben, Miss Carnaby. Wie kann man nur so unvernünftig sein und mit einem achtjährigen Kind vom Sterben sprechen? Was ist eigentlich los mit Ihnen?«

»Alle wissen, daß Patrick nicht an Herzversagen starb«, erwiderte sie störrisch.

Greenleaf nahm keine Notiz davon. Ihr Busen wogte. Dort, wo die Tränen auf dem Stoff feuchte Stellen hinterlassen hatten, waren Spitzenbesatz und Achselbänder der Unterwäsche zu sehen.

»Er muß an den Stichen gestorben sein, und dabei waren es bloß vier.«

»Fünf, aber das ist unwichtig. Cheryl –«

»Nein, es waren vier. Ich saß neben ihm und hab' sie deutlich gesehen.«

»Es wäre besser, Sie würden das Ganze vergessen, Miss Carnaby«, sagte Greenleaf ungeduldig.

Carnaby, der stumm zugehört und dann und wann hilflos in dem ausgebreiteten Eisengerümpel herumgekramt hatte, mischte sich plötzlich ziemlich aggressiv in die Unterhaltung. »Meine Schwester hat recht, es waren vier Stiche. Ich war im Bad und sah, wie die Wespen auf ihn losgingen. Es waren vier, es sei denn, Sie zählen den Stich mit, den er ein paar Tage vorher abgekriegt hatte.«

»Einer im Gesicht«, sagte Freda, »zwei im linken Arm und einer in der rechten Armbeuge. Und ich dachte, Cheryl . . . also, es hätte bei ihr doch auch schlimm ausgehen können.« Ihr entfuhr ein Schluchzer, der sich wie ein Rülpsen anhörte. »Cheryl ist alles, was mir noch geblieben ist. Patrick . . . wir hätten Kinder gehabt. Er wünschte sich welche. Es ist alles aus . . . ich werde nie heiraten, nie, nie, nie!«

Carnaby brachte den Arzt hinaus und stieß die Tür mit dem Fuß zu. Während Greenleaf beruhigend auf Carnaby einredete, fiel bei ihm der Groschen. »Cheryl hat's in ein paar Tagen überstanden«, murmelte er mechanisch. »Kein Grund zur Sorge.« Falls jemand Grund zur Sorge hatte, dann ganz allein er.

Den Heimweg legte er im Laufschritt zurück.

Zu Haus erwartete ihn sein Liegestuhl. Er ließ sich schwer hineinfallen, wobei er sich undeutlich daran erinnerte, daß er auf dem Kreisel Sheila MacDonald und Paul Gaveston begegnet war, ohne sie jedoch zu beachten. Sie waren nur Schemen im Vergleich zur Realität seiner Gedanken. Vor seinem geistigen Auge tauchte Patrick auf, so, wie er ihn an jenem Sonntagmorgen im Bett gesehen hatte, mit auf der Decke ausgestreckten Armen und der Hitze wegen aufgekrempelten Pyjamaärmeln. Und mit roten Schwellungen auf der gelben sommersprossigen Haut. Eine im Gesicht, zwei am linken Arm, eine in der rechten Armbeuge . . . und eine fünfte, etwa zehn Zentimeter weiter unten. Nicht der alte Stich; der war vernarbt und hatte einen Schorf, wo Patrick sich gekratzt hatte. Konnten sich die Carnabys getäuscht haben? Alle beide? Und warum sollten sie lügen? Greenleaf selber hatte sich am Abend der mißglückten Party nicht die Mühe gemacht, die Stiche zu zählen, und später, im Bett, hatten die Pyjamaärmel Patricks

Arme bis zum Handgelenk verdeckt. Tamsin war zu gleichgültig, die übrigen Gäste waren zu verwirrt gewesen. Carnaby jedoch hatte die Attacke, gewissermaßen in vorderster Linie, miterlebt, und Freda hatte zu Patricks Füßen gesessen und seine Hand gehalten. Von allen damals Anwesenden hatten die beiden unstreitig die beste Gelegenheit zur Beobachtung gehabt. Und dennoch wußte Greenleaf, daß er sich nicht irrte; es waren fünf Stiche gewesen, als er die Leiche untersuchte –

»Störe ich?« Das war unverkennbar die hohe aufreizende Stimme von Nancy Gage. »Nein, stehen Sie nicht auf. Es ist viel zu heiß für solche Förmlichkeiten.«

»Bernice ist leider nicht da. Sie ist mit den Jungen nach Nottingham gefahren.«

»Oh, das macht gar nichts. Mein Besuch gilt nämlich in erster Linie Ihnen. Sie brauchen mir keinen Stuhl zu holen. Ich setze mich ins Gras.« Sie tat das sehr anmutig, indem sie ihren weiten rosa Baumwollrock um sich ausbreitete. Olivers wiedererwachte Liebe – so flau und erzwungen sie auch sein mochte – hatte allmählich ihre frühere Schönheit wiederhergestellt. Sie strahlte vor Glück. »Ich wollte Sie nämlich nach dem Namen des Mannes fragen, der Ihre Gartenlaube gebaut hat. Ich weiß nicht, ob Bernice es Ihnen erzählt hat, aber wir haben vor, uns zu vergrößern .. unser bescheidenes Heim um eine Loggia zu erweitern . . .«

»Er steht im Telefonbuch. Er heißt Swan, J.B. Swan.«

»Danke. Was für ein fabelhaftes Gedächtnis Sie haben! Stellen Sie sich vor, eben bin ich der drolligen kleinen Carnaby begegnet. Sie hat eine fürchterlich verschwollene Unterlippe, und als ich sie danach fragte, sagte sie, es wäre ein Wespenstich. Und sie lutschte ein Eis! Also, da steht einem doch der Verstand still! Ich sagte zu ihr, jetzt lauf hübsch nach Hause und laß dir von deiner Tante Bikarbonat drauftun.«

»Das wird nicht viel nützen, fürchte ich.«

»Oh, ihr Ärzte mit euren Antibiotika. Ich schwöre noch auf die altbewährten Hausmittel.« Es klang, als schöpfte sie aus einem Born langjähriger Erfahrung, und Greenleaf konnte sich gut vorstellen, wie sie in vorgerücktem Alter sein würde – drall und selbstgefällig, ein Hort ungenauer und überholter Ratschläge, der Inbegriff einer geschwätzigen beschränkten Matrone. »Ich hab's schon mindestens ein dutzendmal gesagt, daß Patrick heute noch am Leben wäre, wenn Tamsin die Stiche mit Bikarbonat behandelt hätte.«

Greenleaf schloß gepeinigt die Augen. Er öffnete sie aber sofort wieder, als Nancy hinzusetzte: »Sowie wir von der unglückseligen Party nach Hause kamen, sagte ich zu Oliver: ›Gleich springst du hinüber zu Tamsin und bringst ihr unser Bikarbonat.‹ Zuerst trödelte er ein bißchen herum, wollte vermutlich abwarten, bis Sie weg waren ... Sind wir nicht schlau? Aber dann trabte er ganz brav mit dem Päckchen hinüber ...«, es war eine absurde Beschreibung des drahtigen gutaussehenden übelgelaunten Mannes, dachte Greenleaf, der gespannt zuhörte, »... aber Tamsin muß schon im Bett gewesen sein. Sie hatte vergessen, die Hintertür abzuschließen, und Queenie war in der Küche und ließ Oliver nicht herein. Auf der Terrasse war noch alles wie Kraut und Rüben, und Tamsins Geburtstagsgeschenke – die Pralinen, die Basttasche und Crispins Rosen – lagen noch auf dem Tisch. Das Ganze muß sie doch sehr aufgeregt haben. Oliver hing noch fünf Minuten draußen herum und kam dann unverrichteterdinge wieder heim.«

»Ich nehme an, sie war übermüdet.« Greenleafs Gedanken rasten. Das also war die Lösung des Rätsels, das er bei sich immer »Das große Geheimnis des kleinen weißen Päckchens« genannt hatte. Oliver Gage, der dem Mann seiner Mätresse Bikarbonat brachte und sich nebenbei vermutlich ein Liebesstündchen erhoffte. Kein Wunder, daß er den Weggang des Arztes abgewartet hatte.

Marvells Behauptung, daß während Tamsins Abwesenheit die Villa jedermann zugänglich wäre, erwies sich als falsch. Der Hund würde seinen Herrn vor allen Eindringlingen beschützt haben – vor allen, außer einem einzigen. Edith Gavestons und Denholm Smith-Kings ohnehin nicht sehr überzeugendes Motiv zerplatzte wie eine Seifenblase. Tamsin hingegen hatte ein Motiv oder vielmehr ein ganzes Bündel von Motiven, die beinahe zwangsläufig auf Patricks Vernichtung abzielten. Nun war sie reich und frei ... war von niemand mehr abhängig, auch nicht von Oliver Gage, dem sie augenscheinlich den Laufpaß gegeben hatte ... konnte ganz sie selbst sein inmitten eines parfümgeschwängerten, kunterbunten, glorreichen Durcheinanders.

»Sie sind so still«, sagte Nancy. »Ist Ihnen was? Passen Sie auf, ich hab' heut' nachmittag massenhaft Zeit; ich flitze rasch in die Küche und mache dem armen Strohwitwer eine nette Tasse Tee.«

Greenleaf verabscheute Tee. Er dankte ihr für die gute Absicht, legte den Kopf zurück und schloß die Augen.

Patrick war zu spät gestorben. Greenleaf wiederholte sich den Satz, als er vor Marvells Haustür anlangte. Jawohl, Patrick war zu spät gestorben. Nicht im Hinblick auf Tamsins Glück, sondern vom medizinischen Standpunkt aus. Marvell hatte seinerzeit, als die ersten Gerüchte umliefen, darauf angespielt, und Greenleaf war mit einem Achselzucken darüber hinweggegangen. Er hatte nichts davon hören wollen, obwohl oder vielleicht gerade weil es ein so bedeutungsvoller Fingerzeig war. Wäre Patrick kurz, nachdem er gestochen wurde, gestorben oder schon vorher beim Anblick des Bildes – denn Greenleaf neigte immer stärker zu der Ansicht, daß es mit dem Bild eine ganz besondere für Patricks Seelenleben unheilvolle Bewandtnis haben müßte –, dann hätte sein Tod nichts Geheimnisvolles gehabt. Aber Patrick war erst Stunden später gestorben.

Was hatte es mit dem fünften Stich auf sich? Eine Wespe, die sich ins Schlafzimmer verirrt hatte? Möglich. Unter Einwirkung der Beruhigungsmittel schlief Patrick sehr fest. Man hätte ihn vermutlich mit einer Nadel pieken können, ohne daß er davon aufwachte. Aber warum hätte ihn ein fünfter Stich töten sollen, wenn vier nichts Schlimmeres zur Folgen hatten als akutes körperliches Unbehagen? Greenleaf klopfte noch einmal und ging dann ums Haus herum und setzte sich draußen auf die Bank.

Er war gekommen, um sich seinen Honig abzuholen, und um seinem Freund nach langer Gewissensprüfung ein Darlehen anzutragen. Als er seinen Plan nach Bernices Rückkehr von Nottingham mit ihr durchsprach, waren sie beide zu der Ansicht gekommen, daß er die paar hundert Pfund, die dazu nötig waren, Marvells Haus den Gemeindevorschriften entsprechend bewohnbar zu machen, entbehren konnte. Es war eine peinliche Mission, obwohl er vorhatte, sie ganz geschäftsmäßig abzuwickeln und mit Rücksicht auf Marvells Stolz auf ratenweiser Tilgung zuzüglich der handelsüblichen Zinsen zu bestehen. Marvell würde sich endlich einmal mit Macht hinter seine Geschichte der Abtei Chantefleur klemmen müssen. Wer weiß, vielleicht haut er mir eine runter. Allein im Garten lachte Greenleaf laut vor sich hin. Er glaubte nicht ernsthaft, daß Marvell dazu imstande war.

Nach einer Weile erhob er sich und vertrat sich die Füße. Er war nervös; er hatte nicht damit gerechnet, warten zu müssen. Marvell blieb womöglich stundenlang fort, und in diesem Fall hatte er all seinen Mut vergebens zusammengenommen.

Als er am Küchenfenster vorbeikam, warf er einen Blick hinein und sah die vielen Honiggläser auf dem Tisch – klarer goldener Honig, nicht das zuckrige wachsgelbe Zeug, das man im Laden kriegte. Jeder bekam sein Quantum, die Greenleafs, die Gages, die Gavestons. Marvell war trotz seiner Mittellosigkeit ein generöser Mensch. Auch als im letzten Jahr die Ausbeute gering war, hatten alle Bewohner von Linchester ihren Anteil erhalten ... außer Patrick. Er haßte Honig, als wäre es Gift.

Greenleaf wandte sich ab und folgte dem Pfad zum Obstgarten. Unter den Bäumen machte er halt und hockte sich auf den Stumpf eines morschen alten Apfelbaums, den Marvell im Winter gefällt hatte. Sonnenstrahlen sickerten durch das dichte Laubwerk und sprenkelten den Rasen mit hellen Tupfen. Überall um sich herum hörte er das leise erregte Summen der Bienen, denen man ihren Schatz geraubt hatte. Marvell hatte sie vermutlich für ihren Verlust entschädigt und ihnen – wie er es nannte – Silber für ihr Gold gegeben. Er hatte dem Arzt gelegentlich die klebrige graue Masse gezeigt, die er aus Zucker und Honigwasser für sie zusammenbraute.

Die Bienen hausten in weißgestrichenen Holzkästen, was Greenleaf bei der ersten Besichtigung überrascht hatte. Er kannte Bienenkörbe nur aus Bilderbüchern, und dort waren sie glockenförmig und aus Stroh. Jeder Kasten hatte ein Flugloch und darunter eine schmale Leiste, auf der die Insekten starteten und landeten. Es war ein unablässiges Kommen und Gehen, ein verwirrendes Gewimmel, dem doch irgendeine rätselhafte Ordnung innewohnen mußte. Marvell hatte Greenleaf einiges über den Bienenstaat und seine strenge Arbeitsteilung erzählt, und so ging er, mehr aus Neugier als aus naturkundlichem Interesse, näher an den Stock heran und kauerte sich davor.

Zunächst beachteten die Bienen ihn nicht. Er legte das Ohr an die Wand des Kastens und lauschte. Von drinnen ertönte das Brausen einer Großstadt, wo Abertausende von Arbeitern ihrem Gewerbe, ihrer Nahrung, der Liebe und der Aufzucht ihrer Nachkommenschaft obliegen. Die Lautstärke blieb konstant, nur die Tonhöhe wechselte, und dies leise Brausen war erfüllt von Wärme, Überschwang und einer ungeheuren zielbewußten Geschäftigkeit.

Für den Moment hatte er vergessen, daß Bienen nicht nur Honigsammlerinnen sind, sondern auch einen Stachel tragen. Es fiel ihm erst wieder ein, als eine im Sturzflug auf ihn herabstieß, sein

Haar streifte und seine Augen anpeilte. Er sprang hastig auf und schlug nach ihr und den anderen, die um seinen Kopf schwärmten. Von Panik erfaßt, nahm er reißaus und war froh darüber, daß er keinen Zuschauer hatte. Zwei Bienen segelten hinter ihm her. Er streifte das Jackett ab und schwenkte es durch die Luft, bis er sie vertrieben hatte. Keuchend und jäh um einiges klüger flüchtete er sich in Marvells Geräteschuppen.

An einem Haken hingen Bienenhaube und der Arbeitskittel; aus den Ärmeln schauten die Handschuhe hervor. Die Schutzkleidung eines Imkers, aber wie sie da an der Wand baumelte, glich sie einer Vogelscheuche oder einem Gehenkten. Greenleaf stieß die Türe zu und hockte sich auf eine leere umgestülpte Kiste. Er wußte jetzt, wie Patrick Selby gestorben war.

»Aber hätte es denn keine Beule gegeben?« fragte Bernice. »Ich dachte immer, daß Histamin am ganzen Körper Rötung und Schwellungen hervorruft.«

»Ja, das stimmt.« Greenleaf wusch sich an der Küchenspüle die spinnwebenbedeckten Hände. »Darum gab ich ihm ein Antihistamin –«

»Und wieso hat es nicht gewirkt, Max?«

»Bis zu einem gewissen Grad hat es gewirkt, schätze ich. Gegen Wespenstiche war Patrick nicht allergisch, vergiß das nicht. Aber falls er, wie ich jetzt vermute, gegen *Bienenstiche* allergisch war, muß die Histaminreaktion sehr intensiv gewesen sein. Mit zweihundert Milligramm Antihistamin war da nicht viel zu machen. In solchen Fällen hilft nur eine sofortige Adrenalin-Injektion. Wenn sie die nicht bekommen, ist der Tod unvermeidlich. Patrick bekam diese Injektion nicht. Er lag in einem Betäubungsschlaf, konnte nicht um Hilfe rufen,und da niemand in der Nähe war ...« Greenleaf zuckte mit den Schultern. »Der Arm muß stark verschwollen gewesen sein, aber ich hab' ihn erst zehn bis elf Stunden nach Eintritt des Todes gesehen, und da war die Schwellung mittlerweile zurückgegangen. Sein Gesicht war zwar etwas aufgedunsen, aber das führte ich auf den Wespenstich unter dem Auge zurück. Und auch davon war nichts mehr zu sehen, als Glover die Autopsie vornahm.«

»Ein verhängnisvoller Zufall?«

»Wohl kaum ... nicht unter diesen besonderen Umständen.«

»Er muß gewußt haben, daß er gegen Bienenstiche allergisch war.«

Greenleaf nickte. »Er verabscheute Honig. O ja, er wußte Bescheid, aber er war nicht der einzige.«

»Du meinst, er hat's weitererzählt?« Bernice machte ein skeptisches Gesicht. »Ich hab' Patrick eigentlich eher für einen verschlossenen Menschen gehalten.«

»Schau, Bernice, was wir hier erörtern, geht vorläufig nur uns beide an, obwohl ich es womöglich später der Polizei mitteilen muß. Menschen mit dieser Art von Allergie kommen meist schon als Kind dahinter, dann nämlich, wenn sie zum erstenmal gestochen werden. Und aufgrund dieser schmerzlichen Erfahrung werden sie künftig besonders vorsichtig sein. Möglich, daß Patrick nicht darüber sprach, aber seine Familie wußte natürlich Bescheid.« Greenleaf kehrte dem Fenster, hinter dem die Natur in der brütenden Hitze zu sieden schien, den Rücken zu und ließ seinen Blick auf den Errungenschaften der modernen Zivilisation und seiner freundlichen, behäbigen, gepuderten und geschnürten Frau ruhen. »Patrick und Tamsin waren nicht nur ein Ehepaar, sondern auch Vetter und Kusine. Sie kannten sich seit ihrer Kindheit, und der Zwischenfall, der im Haushalt zweifellos eine gewisse Aufregung auslöste, könnte ihr im Gedächtnis geblieben sein.

Und es war so lächerlich einfach. Patrick wird von Wespen gestochen und bekommt außer dem Antihistamin ein Schlafmittel. Sobald er eingeschlafen ist, begibt sie sich dorthin, wo mit Sicherheit Bienen zu finden sind – in Marvells Obstgarten – und sie nimmt eine Basttasche mit.«

»Ich verstehe. Ein Behälter, der luftdurchlässig ist . . . Vermutlich war die Biene schon drinnen, als Tamsin von Crispin entdeckt wurde. Aber warum blieb sie bei ihm und machte ihm Avancen?«

»Keine Ahnung. Vielleicht, um ihm Sand in die Augen zu streuen? Na, wie dem auch sei . . . bei ihrer Rückkehr befand sich Patrick praktisch in einem Zustand der Betäubung. Man hätte eine Nadel in ihn hineinstecken können.«

»O Max, nicht doch!«

»Ich gehe jetzt gleich zu ihr rüber.« Er schob Bernices Hand sanft von seinem Arm. »Es hilft nichts, Liebling, ich muß mit Tamsin sprechen.«

Als er langsam zwischen den silbergrünen Trauerweiden auf das Haus zuschritt, war Tamsin gerade dabei, Patricks großen Wagen mit Koffern zu beladen. Queenie lag majestätisch auf dem Vordersitz und beobachtete die Mauersegler, die querab von ihrem Jagdgrund am Teich durch die Luft flitzten.

»Morgen geht's los, Max«, sagte Tamsin. »Es war eine blödsinnige Hetze! Ich hab' das Haus verkauft, und um alles andere kümmert sich mein Anwalt. Queenie und ich ... wir fahren einfach ins Blaue hinein, weit, weit fort. Die Leute haben auch die gesamte Einrichtung übernommen und den Mini ... ich hab' nichts mehr außer meinen Kleidern und dem Wagen hier und ... o, Max! ... ich hab' genug Geld für den Rest meines Lebens.«

Immer noch verbarg die Maske ihr wahres Gesicht. Nur die roten Lippen lächelten; aber es war ein mechanisches Lächeln, das die Augen nicht erreichte.

»Wir lassen Queenie lieber hier«, sagte sie, weil Greenleaf, sonst kein Tierfreund, um seine Verlegenheit und Unruhe zu verbergen, dem Hund den Hals kraulte. »Es macht ihr Spaß, die Vögel zu beobachten. Kommen Sie, wir gehen hinein.«

Er folgte ihr ins Eßzimmer. Das Bild war abgenommen worden und lehnte an der Wand. Gedachte sie, es mitzunehmen oder sich nachschicken zu lassen? Offenbar hatte sie sein Zögern bemerkt, denn sie faßte ihn an der Hand und zog ihn zu einem Stuhl am Fenster. Er setzte sich mit dem Rücken zu dem gemalten Greuel.

»Sie mögen es nicht, wie?«

Greenleaf krauste die Nase. »Nein, nicht besonders.«

»Patrick mochte es auch nicht.« Ihre Stimme klang kleinmädchenhaft, verwirrt, naiv. »Wirklich, zu albern! Er war eigentlich ziemlich unreif. Ich meine, normalerweise wächst man über solche Dinge hinaus ... wie die Angst vor dem Dunkeln oder dem Gewitter oder so ...«

»Nicht immer.« Gleich würde er mit dem Verhör beginnen müssen, und er hatte keine Ahnung, wie sie reagieren würde. Im Film oder im Kriminalroman legte der Täter meist ein Geständnis ab und wurde dann gewalttätig oder bettelte um Gnade. Sein Vorhaben widerte ihn an.

Verträumt und anscheinend ganz arglos fuhr sie fort: »Das Bild hing früher in einem Zimmer im Haus meiner Großmutter in London. Wir nannten es das Gartenzimmer, weil es auf den Wintergarten hinausging. Patrick machte ein schreckliches Theater, als er das Bild zum ersten und übrigens auch einzigen Mal sah. Mein Onkel und meine Tante waren aus Amerika nach England heimgekommen und für die Übergangszeit bei meiner Großmutter abgestiegen. Patrick war gräßlich verwöhnt.« Sie rutschte auf dem Stuhl herum, bis ihre Augen denen von Salome begegneten. »Er war damals neun und ich sieben. Meine Großmutter vergötterte ihn.« Sie lachte bitter auf. »Sie brauchte auch nicht mit ihm zusammenzuleben. Aber sie war gerecht, meine Großmutter ... wenigstens ganz zum Schluß. Sie vermachte mir ihr Geld. Süß von ihr, nicht?«

Wenn sie ihm doch nur etwas wirklich Belastendes erzählen würde, etwas, das es ihm gerechtfertigt erscheinen ließe, dies bizarre Geschöpf, diese verwunschene Märchenprinzessin der Strafjustiz auszuliefern ... Tamsin im Gefängnis ... Tamsin, wie sie inmitten groben Volks und selber grob und vulgär wurde ... nicht auszudenken.

»Wie angenehm für Sie«, sagte er einfältig.

»Ich hatte sie sehr lieb, wissen Sie, aber sie war ein bißchen verrückt. Nachdem Patricks Vater sich umgebracht hatte, wurde sie wunderlich. Sie hatte eine pathologische Abneigung gegen Scheidungen.«

Nun kommt es, dachte er. Hin und her gerissen zwischen dem Verlangen, sich Gewißheit zu verschaffen und Tamsin am Weitersprechen zu hindern, tastete er unwillkürlich mit der Hand auf dem Fensterbrett herum.

»Möchten Sie eine Zigarette, Max?«

Indem er eine aus dem silbernen Kästchen fischte, sagte er: »Ich habe das Rauchen eigentlich aufgegeben«, und zündete sie mit zitternden Fingern an.

»Wo war ich doch gleich? Ach ja, bei Großmutter. Sie wußte, daß ich mit Patrick nicht besonders gut auskam. Komisch, und trotzdem förderte sie die Verbindung und wünschte, daß unsere Ehe ein Erfolg würde. Bloß, weil wir verwandt waren, meinte sie, wir müßten uns auch im Wesen ähnlich sein. Wie sehr hat sie sich da getäuscht! Nach ihrem Tod gingen wir zur Testamentsverlesung ... es war wie in einem Roman ... dramatisch! Patrick wurde in dem Testament überhaupt nicht erwähnt. Ich habe keine Ahnung, ob sie fand, er hätte schon genug von seinem Vater geerbt ... das Geld ging für das Haus hier drauf ... oder ob sie's ihm krumm nahm, daß er sie nie besuchte. Jedenfalls hinterließ sie ihr Vermögen mir – die Zinsen, nicht das Kapital – unter der Bedingung –«

Sie machte eine Pause, weil der Hund hereingetrottet kam, und Greenleaf verfluchte insgeheim die Störung.

»– unter der Bedingung, daß Patrick und ich uns nie scheiden lassen würden.«

O Gott, dachte er, wie nahtlos sich das alles zusammenfügt; ein Teilchen reiht sich ans andere wie bei den Puzzlespielen, mit denen sich die Jungen früher die Zeit vertrieben ...

»Als ob ich je geschieden werden wollte«, sagte sie. »Ich bin zu untüchtig, um mich selber durchzubringen. Alles drehte sich immer bloß um Patricks Erziehung, und ich bin dabei zu kurz gekommen.«

Aber Patrick war zur Scheidung entschlossen, und Tamsin hätte mittellos dagestanden. Und Oliver Gage hätte sie ohne ihr Geld nicht heiraten können, weil er als der schuldige Teil sämtliche Scheidungskosten hätte tragen müssen. Wie alle anderen hatte er sich falsche Vorstellungen über ihre Vermögenslage gemacht, bis sie kalte Füße kriegte und ihm reinen Wein einschenkte. Greenleaf malte sich im Geist aus, wie sie Gage die Wahrheit gestand und dann – als er sich enttäuscht von ihr zurückzog – beschämt und verzweifelt bei Marvell Zuflucht suchte; und als auch dieser letzte Rettungsversuch scheiterte, weil Marvell sie vertröstete, da blieb ihr nur noch ein einziger Ausweg ...

»Weiß irgend jemand darüber Bescheid?« fragte er scharf und unbekümmert darum, daß sie seine Neugier für zudringlich halten mußte.

Sie schüttelte den Kopf. »Es war so demütigend«, flüsterte sie. »Hier glaubten alle, ich hätte eigenes Geld, wäre von Patrick finanziell unabhängig. Und dabei hätte ich nach der Scheidung keinen roten Heller gehabt.«

Damit hatte sie, bündig und unmißverständlich, ihr Motiv offenbart und Greenleaf den wirklichen Zweck seines Besuches ins Gedächtnis zurückgerufen.

»Tamsin ...«, begann er zögernd. Von der Zigarette war ihm schwindlig geworden, und durch den Schleier vor seinen Augen sah er von der Frau gegenüber nur ein Farbgemisch ineinanderfließender brauner und hellgrüner Flecke. »Eigentlich kam ich her, um Ihnen etwas sehr Folgenschweres mitzuteilen, und zwar im Hinblick auf Patrick –«

»Meinen Sie Freda Carnaby? Damit sagen Sie mir nichts Neues. Die beiden waren vom gleichen Schlag, Max. Sie paßten fabelhaft zueinander. Wenn Patrick überhaupt jemanden hätte glücklich machen können, dann Freda Carnaby. Aber Sie dürfen nicht glauben, daß ich ihn ihr etwa vorsätzlich in die Arme trieb ... im Gegenteil, ich war sehr unglücklich darüber. Und es kam deshalb zu dieser dummen Geschichte zwischen Oliver und mir ... ich fühlte mich so einsam, Max.«

»Nein, nein . . .« Er war entsetzt darüber, daß sie ihn für fähig hielt, ihr den Dorfklatsch zu hinterbringen. Und um sie eines Besseren zu belehren, platzte er unbesonnen gleich mit der Hauptsache heraus. »Es handelt sich um Patricks Tod. Ich glaube nicht mehr, daß er an Herzversagen starb.«

War es möglich, daß ihr von den Gerüchten, die in Linchester umliefen, bisher nichts zu Ohren gekommen war? Sie beugte sich so ungestüm vor, daß er sich auf einen Kampf gefaßt machte.

»Aber woran sollte er sonst gestorben sein?« rief sie. »O Max, heißt das etwa, daß ich morgen nicht abfahren darf? Er war so abscheulich zu mir, als er noch lebte, und jetzt, wo er tot ist . . . spüre ich ihn immer noch im Haus.«

Ihr Gefühl war so intensiv, daß es sich auf Greenleaf übertrug. Unwillkürlich spähte er zur Tür hinüber.

»Verstehen Sie, was ich meine? Manchmal, wenn ich ins Schlafzimmer hinaufgehe, bilde ich mir ein, ich würde seine Schrift im Staub auf dem Toilettentisch vorfinden. Das war nämlich bei ihm gang und gäbe. Ich bin keine vorbildliche Hausfrau, Max, und mit den Reinemachefrauen klappte es nie. Sie hatten alle Angst vor Queenie. Und wenn ich nicht ordentlich saubergemacht hatte, dann schrieb er in den Staub ›Pfui‹ oder ›Putz das‹ oder ›Tu deine Arbeit, ich tue meine auch‹. So war er.«

Gab es solche Ehen wirklich? Ja, Tamsins Schilderung paßte zu dem Bild, das er sich von Patricks Charakter gemacht hatte. Er sah förmlich den stumpfen weißen Zeigefinger vor sich, wie er bedächtig und akkurat Buchstaben auf die verstaubte schwarze Glasplatte malte.

Obwohl er ihre Launenhaftigkeit kannte, den jähen Wechsel von Trübsinn zu Hysterie oder verträumter Teilnahmslosigkeit, fuhr er erschrocken zusammen, als sie mit rauher Stimme hervorstieß: »Mir graut davon, in sein Zimmer zu gehen. Ich hab' das Gefühl, als ob er dort noch herumspukt.«

Er mußte der Sache ein Ende machen. »Tamsin, wissen Sie noch, wie viele Wespenstiche Patrick hatte?«

»Vier. Ist das denn so wichtig? Sie sagten doch, daran wäre er nicht gestorben.« Obwohl es im Zimmer angenehm warm war, stand sie auf und schloß die Tür. Es war dumm von ihm, sich zu ängstigen, an die verschreckten Putzfrauen und die Smith-Kingschen Kinder zu denken und sich alle möglichen Grillen in den Kopf zu setzen, bloß weil er nun mit dem wachsamen bärenstarken Hund eingesperrt war und die Nachbarvillen der Ferien wegen leerstanden.

»Wie viele Stiche hatte er am Abend der Party?«

»Nun, vier . . . das sagte ich doch schon.«

»Und am folgenden Morgen? Nach seinem Tod?«

Langsam drückte er die Zigarette aus und faltete die Hände fest auf dem Schoß. Er blickte sie starr an, während sie den Hund zu sich heranlockte, mit den Fingern schnippte, ihm verspielt am Kopf packte und über die schwarzbraune Nase strich.

»Ja, so ist's lieb, meine Schöne, mein Goldstück . . .« Glatte braune Wange an struppige braune Wange gepreßt, schauten ihn zwei Paar feuchtschimmernde Augen aufmerksam an.

»Ich glaube, Patrick wurde von einer Biene gestochen, Tamsin.«

Auf ein Wort von ihr würde ihm der Hund an die Kehle springen. Als Schutz hatte er nur die langen Fenstervorhänge; hinter ihnen verschanzt würde er Queenie vielleicht für einen Moment abwehren können. Aber der dicke schwere Samt würde den Zähnen des Hundes nicht lange standhalten, und was dann . . .?

»Von einer *Biene*?«

»Vielleicht war es Zufall. Die Biene könnte sich ins Schlafzimmer verirrt haben –«

»Nein!« Ihre Stimme klang ungewöhnlich bestimmt. »So kann es nicht gewesen sein.« Sie flüsterte dem Hund etwas ins Ohr und ließ ihn los. Greenleaf verspürte einen jähen Stoß in der Brust, als hätte ihm eine Faust gegen die Rippen getrommelt. Aber das war unsinnig, purer Wahnwitz, solche Dinge passierten doch nicht wirklich! Der Hund machte einen Satz. Greenleaf stemmte die Füße gegen den spiegelglatten Boden, schlug Stolz, Mannesmut, gesellschaftlichen Anstand in den Wind und bedeckte das Gesicht mit beiden Händen, während der Stuhl mit ihm durchs Zimmer schlitterte.

15

In jenem Bruchteil von Sekunden, der einem wie eine Ewigkeit vorkommt, saß Greenleaf da wie angeschmiedet und glaubte, vor Entsetzen halbbetäubt, den heißen Atem, den Geifer des Hundes dicht vorm Gesicht zu spüren. Tamsins Stimme klang ihm lieblich wie Engelsgesang an die Ohren.

»Oh, Max, es tut mir so schrecklich leid. Dies verflixte Parkett! Eine regelrechte Rutschbahn.«

Als Detektiv bin ich ein Versager, dachte er, krampfhaft blinzelnd und betreten. Aber wo war Queenie, und warum war sie nicht über ihn hergefallen? Dann entdeckte er sie, schnaubend und fauchend, halb unter dem Sideboard, auf der Jagd nach ... einem Ohrwurm!

»Queenie ist so ein dummes Baby«, sagte Tamsin zärtlich. »Sie jagt buchstäblich alles, sogar Insekten.« Keine Tragödie also, sondern nur ein harmloser Spaß mit einem verhätschelten Haustier. Und Tamsin war ahnungslos und bildete sich ein, er wäre nur über seine plötzliche Schlittenfahrt auf dem Stuhl erschrocken. »Weil wir gerade von Insekten sprechen, aber das mit der Biene ist komisch. Und in gewisser Weise ist es wie ein Verhängnis. Sehen sie, als Patrick das Bild –«, sie ruckte mit dem Kopf zu Wand hin, »– bei meiner Großmutter zum erstenmal sah, passierte genau das gleiche. Ich war natürlich neugierig auf diesen fremden Vetter und beobachtete ihn vom Garten aus. Er kam wie gehetzt in den Wintergarten gerannt und streckte die Hand aus; und da hat ihn eine Biene, die auf einer Geranie saß, gestochen.«

»Und dann?« Greenleaf erholte sich allmählich von dem Schock, fühlte sich aber noch immer ein bißchen flau.

Tamsin zuckte mit den Schultern und zog Queenie am Schwanz unter dem Sideboard hervor.

»Ach, nichts. Er schrie wie am Spieß, und ich lachte mich krumm. Kinder sind doch gefühllose kleine Biester, nicht? Meine Großmutter und meine Tante machten ein fürchterliches Getue deswegen. Sie steckten ihn ins Bett und riefen den Doktor. Ich fand, daß sie viel zuviel von ihm hermachten, und sagte ihnen das auch. ›Wenn ich von einer Biene gestochen worden wäre, hättet ihr bestimmt nicht den Doktor geholt‹, maulte ich und wurde dafür zur Strafe in mein Zimmer geschickt. Später, als wir beide älter waren, hab' ich ihm davon erzählt, aber er mochte nicht darüber sprechen. Er sagte bloß, daß er Bienen und Bienenhonig nicht ausstehen könnte.«

»Ist Ihnen je der Gedanke gekommen, daß er gegen Bienenstiche allergisch sein könnte?«

Sie machte große Augen. »Ich hatte keine Ahnung, daß es so was gibt.«

Er glaubte ihr beinahe. Er wollte ihr gern glauben, wollte zu ihr sagen können: »Ja, Tamsin, du bist unschuldig. Fahre mit Queenie ins Blaue hinein und sei glücklich.«

Mehr denn je neigte er zu der Ansicht, daß die Biene zufällig in das Balkonzimmer geraten war. Hatte er denn nicht selber das Fenster aufgemacht? Wespen stachen, wenn man sie provozierte; vielleicht galt das auch für Bienen. Angenommen, eine Biene war durchs offene Fenster hereingeflogen und hatte sich auf Patricks nacktem Arm niedergelassen; wäre es dann nicht denkbar, daß sie sich durch ein Zucken, eine unwillkürliche Bewegung des Schlafenden bedroht fühlte? Falls Tamsin schuldig war und sich auf einen Unfall herausredete, konnte ihr niemand etwas anhaben.

»Als ich vorhin von einem Unfall sprach, protestierten Sie dagegen. Aber könnte er nicht doch versehentlich von einer Biene gestochen worden sein?«

»Vielleicht . . . warum nicht?« erwiderte sie zerstreut.

Marvell irrt sich, dachte Greenleaf; sie ist nicht klug. Sie ist töricht, ein süßes überspanntes Dummchen. Sie lebt in einer Phantasiewelt, gestützt auf unverdientes ererbtes Geld, dessen Vorhandensein ihr selbstverständlich erscheint. Aber Illusionen können sich in Alpträume verwandeln . . .

Und dann sagte sie plötzlich etwas, das ihn zwang, sein Urteil über sie zu revidieren. Sie war weder dumm noch eine Mörderin.

»Nein, so kann's nicht gewesen sein! Verzeihen Sie, Max, ich bin ein solcher Wirrkopf. Sehen Sie, Crispin hat mir mal was sehr Interessantes über Bienen erzählt. Sie unterscheiden sich unter anderem dadurch von den Wespen, daß sie sterben, wenn sie jemanden stechen. Weil nämlich der Stachel in der Haut steckenbleibt, und sie sich dabei tödlich verletzen. Ist das nicht gräßlich für die armen Bienen? Wär's ein Unfall gewesen, dann hätte der Stachel noch in Patricks Arm stecken müssen, und Sie hätten ihn gefunden!«

Er hatte ihr unabsichtlich ein Schlupfloch offen gelassen, und wäre sie schuldig gewesen, hätte sie es sich zunutze gemacht. Sie jedoch lieferte ihm sogar die Bestätigung dafür, daß Patrick ermordet worden war.

»Max, Sie wollen damit doch nicht sagen, daß Sie glauben, ich hätte –«

»Nein, Tamsin, nein.«

»Ich bin froh, daß er tot ist, das gebe ich ehrlich zu. Ich habe wirklich alles Erdenkliche versucht, damit er mir die Affäre mit Oliver verzeiht und Freda aufgibt. Aber es war nichts zu machen. Er sagte, auf diese Chance hätte er schon lange gewartet. Nun könnte er sich von mir scheiden lassen, ohne daß Freda in die Sache hineingezogen würde. O ja, nach außen hin benahm er sich zu

Oliver immer sehr freundlich, aber in Wirklichkeit ließ er ihn die ganze Zeit von einem Privatdetektiv überwachen. Er bestand darauf, daß Oliver und Nancy zur Party eingeladen würden. Und dann, wenn er alle hübsch beisammen hatte, wollte er seine Bombe platzen lassen.« Sie schluchzte auf und strich sich mit der Hand die Falten aus der Stirn. »Es machte ihm Spaß, Menschen zu quälen, Max. Er spielte mit ihnen wie die Katze mit der Maus. Nicht mal die Smith-Kings konnte er in Frieden lassen. Haben Sie gemerkt, wie er Denholm auf der Party sekkierte?« Als Greenleaf schwieg, sprach sie mit leiser zitternder Stimme weiter. »Ach Gott, diese abscheuliche Party! Den Abend vorher ging er ganz unverfroren zu Freda . . . mit Queenie . . . Ich war verzweifelt und weinte stundenlang. Als Oliver kam, ließ ich ihn nicht herein. In all den Wochen, in denen wir uns in seiner Stadtwohnung trafen, hatte er in einem fort darauf angespielt, daß er Nancy zur Scheidung zwingen würde. Die Scheidungskosten und unser Unterhalt sollten von meinem Geld bezahlt werden. Und ich traute mich einfach nicht, ihm zu sagen, daß ich keinen roten Heller haben würde. Schließlich rückte ich mit der Wahrheit heraus, Max. Ich sagte es ihm auf der Party.«

Und Gage hatte mit finsterer Miene neben ihr auf dem Steinmäuerchen gesessen. Greenleaf erinnerte sich noch gut daran. Und mit dem zärtlichen Wange-an-Wange-Tanzen war es danach auch vorbei gewesen.

»Oliver fing immer wieder davon an. Er überlegte sogar, ob man das Testament nicht anfechten könnte. Aber soll ich Ihnen was sagen, Max? Ich möchte gar nicht mehr heiraten. Ich habe genug von der Ehe . . .« Ihre Stimme klang schroff und schneidend. »Mein Bedarf ist gedeckt. Und trotzdem hätte ich in meiner Verzweiflung jeden Mann genommen, der Geld hat. Oder können Sie sich vorstellen, Max, daß ich in einem Büro arbeite, in einem möblierten Zimmer wohne mit dem Gaskocher hinter einem Plastikvorhang und dem gemeinschaftlichen Bad schräg gegenüber im Flur? Ich hätte sogar Crispin geheiratet!«

»Marvell hat kein Geld. Sein Haus ist baufällig, und für das Grundstück bekommt er nicht viel.«

Sie fiel aus allen Wolken. Ihre goldbraunen Augen weiteten sich und flammten auf.

»Aber seine Bücher . . .?«

»Sein Manuskript«, verbesserte Greenleaf trocken. »Ich glaube nicht, daß er je damit fertig wird.«

Für sein Gefühl war es eine Tragödie, daß Marvell das Haus, an dem er mit allen Fasern seines Herzens hing, aufgeben mußte, daß Tamsins Alptraum von dem möblierten Zimmer für Marvell traurige Wirklichkeit werden würde. Und deshalb verletzte ihn ihr fröhliches Lachen; er fand es frivol und ihrer nicht würdig. Es war ein befreiendes, übermütiges, selbstvergessenes Gelächter, das allen alten Jammer ein für allemal fortscheuchte und austrieb. Queenie spitzte aufgeschreckt die Ohren und ging in Sprungstellung.

»Was ist daran so komisch?«

Es kümmerte sie nicht mehr, was er von ihr denken oder sagen mochte.

»Es ist verrückt, es ist zum Totlachen! In der Nacht, in der Patrick starb, war er hier . . . bei mir! Als Sie mich ins Gästezimmer lotsten und sagten, ich sollte mich aufs Bett setzen, da war mir direkt schlecht vor Angst. Ich bildete mir nämlich ein, Sie müßten spüren, daß ich . . . daß ich in der Nacht nicht allein gewesen war. O Max, begreifen Sie denn nicht, wie komisch das alles ist!« Er starrte sie an, und sein Groll schwand. Man kann einem Menschen nicht böse sein, der über sich selber lacht. »Ich wollte ihn wegen seines Geldes heiraten, und er wollte mich wegen meines Geldes heiraten, und dabei waren wir beide arm wie die Kirchenmäuse!«

16

Tamsin begleitet ihn die Einfahrt hinunter bis zum Gartentor. Dort drückte er ihr die Hand und küßte sie, weil er sich seines Argwohns nachträglich schämte, zum Abschied auf die Wange.

»Kann ich morgen wegfahren, Max? Ist alles in Ordnung?« Sie sprach zu ihm wie zu einem Polizeibeamten oder einem Vertreter des Innenministeriums. Indem sie einen Unfall ausschloß, hatte sie zwar nicht wörtlich, aber dem Sinn nach bestätigt, daß Patrick ermordet worden war. Doch Greenleaf wußte, daß sie die Tatsache selber noch nicht begriffen hatte. Eines Tages würde die Wahrheit aus ihrem chaotisch wuchernden Unterbewußtsein plötzlich ins Bewußtsein vorstoßen und würde dann vielleicht keine tiefere Empfindung auslösen als die Erinnerung an ein scharfes Wort oder eine unfreundliche Miene. Denn eigentlich war Tamsin diesem Abschnitt ihres Lebens bereits entrückt und schon auf der Fahrt zu neuen Ufern. Was mochte sie dort erwarten, fragte sich Greenleaf, noch die Berührung ihrer glatten warmen Haut auf den

Lippen ... womöglich ein zweiter strebsamer junger Firmeninhaber, der dem Zauber ihrer hexenhaften Unschuld zeitweilig verfallen würde?

»Leben Sie wohl, Tamsin.«

Auf der anderen Straßenseite drehte er sich um und winkte. Sie stand im Zwielicht, die eine Hand grüßend erhoben, die andere auf dem Nacken des Hundes. Dann wandte sie sich ab und verschwand unter den tief herabhängenden Zweigen der Trauerweiden.

Er betrat Marvells Grundstück durch die untere Gartenpforte. Vor den Bienenkästen herrschte noch reger Betrieb; deshalb machte er einen großen Bogen um sie herum. Sollte Marvell noch nicht daheim sein, dann würde er – notfalls die ganze Nacht – seine Rückkehr abwarten.

Es wurde allmählich dunkel. Eine Fledermaus streifte sein Gesicht und segelte taumelnd davon. Einen Moment lang hob sie sich wie eine winzige vorzeitliche Flugechse schwarz vom jadefarbenen Himmel ab. Er blieb vor dem Gitterfenster stehen und spähte hinein. Die Lampe brannte nicht, aber das Porzellan schimmerte matt im letzten Dämmerlicht. Zuerst nahm er an, das Zimmer wäre leer. Die Stille, die über dem Haus lag, hatte etwas Unheimliches. Nichts regte sich. Dann erhaschte er zwischen Kopf- und Armlehne des Ohrenstuhls, der mit dem Rücken zum Fenster stand, das weiße Endchen eines Hemdärmels. Daran erriet er, daß Marvell dort im Dunkeln saß.

Er klopfte an die Hintertür. Kein Laut – weder das Geräusch von Schritten noch das Knarren loser Dielenbretter. Die Tür war nicht abgeschlossen. Er stieß sie auf, durchquerte die Küche, in der noch immer die abholbereiten Honiggläser standen, und ging ins Wohnzimmer. Marvell schlief nicht, sondern lag im Sessel hingestreckt, die Hände locker auf dem Schoß gefaltet, und starrte vor sich hin. Auf dem Kaminrost glimmte ein Häufchen Papierasche. Greenleaf erfaßte auf den ersten Blick, daß Marvell sein Manuskript verbrannt hatte.

»Ich war vorhin schon mal hier, weil ich Sie was fragen wollte«, sagte er. »Aber es ist jetzt nicht mehr wichtig.«

Marvell setzte sich auf und lächelte.

»Ich habe mein Grundstück an Glide verkauft. Wenn Sie wollen, können Sie Ihren Honig mitnehmen. Das Glas steht auf dem Küchentisch.«

Greenleaf drehte sich fast der Magen um. Er würde seiner Lebtag keinen Honig mehr essen. Ihm war übel. aber er hatte keine Angst. Er begegnete Marvells Blick, und weil er den spöttischen und dabei tieftraurigen Ausdruck der hellblauen Augen nicht ertragen konnte, nahm er seine Brille ab und polierte sie am Rockaufschlag.

»Sie wissen es, nicht wahr? Ja, ich sehe es Ihnen an, daß Sie Bescheid wissen.«

Hilflos tastete Greenleaf nach einem Stuhl und ließ sich darauf nieder. »Warum?« fragte er. »Warum, Crispin?« Und die bisher nie gebrauchte Anrede kam ihm ganz von selber über die Lippen.

»Geld? Ja, natürlich war es des Geldes wegen. Geld ist die einzige echte Versuchung, Max. Liebe, Schönheit, Macht sind nur die Kehrseite davon.«

Aus seinem dunklen Winkel sagte Greenleaf: »Tamsin hätte nach der Scheidung keinen Pfennig gehabt. Das war die Bedingung im Testament.« Auch Marvell war ehrlich überrascht, aber anders als Tamsin lachte er nicht. »Wußten Sie das denn nicht?«

»Nein, ich hatte keine Ahnung.«

»Ja, aber weswegen . . .?«

»Ich wollte mehr . . . wollte alles. Mit dem Geld für die Villa, diesen Glaspalast, mit seinem Geld und ihrem Geld . . . was hätte ich hier nicht alles damit anfangen können?« Er breitete die Arme aus, als wollte er den Raum, das ganze Haus ans Herz schließen. »Es würde mich interessieren, was Tamsin von mir wollte?«

»Geld.«

Er seufzte. »Und ich hielt es trotz all meiner Erfahrung für Liebe. Aber ich verstehe jetzt, was mich irreführte. Diese Art, sich feilzubieten, ist das Vorrecht der Frauen. Ich möchte Ihnen alles erklären. Darf ich?«

Greenleaf nickte.

»Gut, dann werde ich wohl am besten wie Alice im Wunderland von vorn anfangen, bis zum Ende erzählen und dann Schluß machen. Als Glide mich über den Zustand des Hauses informierte, dachte ich, meine Welt stürzt ein. Traurigkeit, des Wahnsinns Amme, um mit Shakespeare zu sprechen.« Er rieb sich die Augen. »Max, ich habe Ihnen neulich die Wahrheit und nichts als die Wahrheit, aber nicht die ganze Wahrheit gesagt.«

»Das ist mir inzwischen klargeworden.«

»Und es war eine glatte Lüge dabei, aber lassen wir das vorläufig beiseite. Ich weiß nicht genau, wann es anfing . . . vielleicht im letzten Jahr, als Tamsin mir beim Honigschleudern half. Dabei kam die Rede auf Patricks Aversion gegen Honig, gegen Bienen und alles, was mit ihnen zusammenhängt. Tamsin erzählte mir, er wäre nur ein einziges Mal gestochen worden, und zwar als Kind im Haus ihrer gemeinsamen Großmutter. Aus Angst vor dem Bild einer jungen Frau, die den Kopf eines Mannes auf einer Schale vor sich hertrug, wäre er in den Wintergarten gerannt und dort von einer Biene gestochen worden.«

»Ja, das hat sie mir auch erzählt.«

»Max, sie hatte keine Ahnung, warum man den Arzt geholt hatte, warum Patrick eine Injektion bekam und im Bett bleiben mußte. Sie hielt ihn für ein verwöhntes Balg und verachtete und beneidete ihn. Aber ich hatte damals gerade ein Buch über Allergien gelesen, vorwiegend meines verdammten Heuschnupfens wegen; und sobald Tamsin weg war, schlug ich das Kapitel über Insektenstiche nach. Darin fand ich alles über Patricks spezielle Allergie, und welche Heilmittel zu ihrer Bekämpfung angewendet werden. Tamsin gegenüber erwähnte ich nichts davon. Ich weiß nicht, warum ... vielleicht hab' ich sogar schon damals ...« Er zuckte mit den Schultern.

»Man kann aus einer Allergie herauswachsen«, sagte Greenleaf.

»Auch das ist mir bekannt. Wenn es nicht geklappt hätte, wäre kein Mensch draufgekommen.«

»Aber es hat geklappt.«

Marvell ging darüber hinweg. »Es war kein vorbedachtes Verbrechen oder vielleicht sollte ich lieber sagen, den Entschluß dazu faßte ich erst im letzten Moment. Es fing mit dem Bild an. Ich kenne die genauen Umstände nicht, aber ich vermute, als Tamsin sich das Bild schicken ließ, war zwischen ihr und Patrick noch alles in Ordnung. Da sie von Psychologie keinen Dunst hat, dachte sie, Patrick wäre über das Kindheitserlebnis längst hinweg.«

»Ja«, sagte Greenleaf versonnen, »und dann wurde es zu einem Zeitpunkt geliefert, wo sie verzweifelt auf eine Versöhnung mit Patrick hinarbeitete. Und um ihn nicht noch mehr zu reizen, versteckte sie's im Gästezimmer.«

»Wo ich es entdeckte. Aber ich dachte mir wirklich nichts dabei, Max, als ich unten damit herausplatzte.«

Greenleaf nickte. »Aber mittlerweile war Tamsin schon alles egal.«

»Erst Patricks heftige Reaktion rief mir alles, was mit dem Bild zusammenhing, ins Gedächtnis zurück. Die Versuchung, Max! Mir wurde ganz schlecht davon, und es war ein Wunder, daß ich die Treppe heil hinunterkam.«

»Ich weiß noch, daß Sie irgendwas zitierten ... vom Auge der Kindheit, das einen gemalten Teufel fürchtet ... Oder war es etwa gar kein Zitat?«

»Doch, aus Macbeth.« Marvell lächelte bitter. »Allerdings hat es dort einen etwas anderen Sinn, und ich gab ihm wohl unbewußt die Bedeutung, die der Situation angemessen war. Dann erwischten ihn die Wespen. Auch darin sah ich für mich noch keine Chance. Ich war mir nicht sicher, wie Tamsin zu mir stand. O gewiß, sie hatte mich gern, aber wir hatten noch nie miteinander geschlafen. Und dann kam sie nachts in meinen Obstgarten.«

»*Ohne* die Basttasche ... die war nämlich ganz und gar nicht ihr Stil. Außerdem, als Oliver Gage später mit dem Bikarbonat hinüberging, war Tamsin nicht da, aber die Tasche lag noch auf dem Geburtstagstisch.«

Marvell stand auf und öffnete das Fenster. »Meine einzige Lüge.« Er holte tief Luft. »Zieht es Ihnen?«

»Das macht nichts.«

»Mir war plötzlich so schwummrig ... so, als ob ich jeden Moment umkippen würde.« Schock? Angst? Greenleaf fragte sich bestürzt, ob Marvell etwa seit Monaten nicht mehr genug zu essen gehabt hätte. »Nun können wir's wieder zumachen.« Behutsam schob er die Blätterbüschel der Tradescantia beiseite, um sie nicht zwischen den Fensterflügeln einzuklemmen. »Haben Sie was dagegen, wenn ich jetzt die Lampe anzünde?«

Greenleaf schüttelte den Kopf.

Als die Lampe brannte, legte Marvell die Hände um den Schirm. Im Licht bekamen sie die Transparenz vergilbten alten Pergaments, Kennzeichen der Jahre, die man Marvell nicht ansah.

»Sonst spielte sich alles so ab, wie ich es Ihnen geschildert habe. Ich sagte zu Tamsin, daß ich sie nach Hause begleiten würde, vorher aber meine Jacke aus dem Garten holen müßte. Ich ging in den Geräteschuppen, legte Handschuhe und Schleier an und steckte einen kleinen Versandkäfig zu mir, in dem mir mal eine Bienenkönigin zugeschickt worden war. Als wir an der Villa anlangten, ging ich mit hinein. Tamsin hatte mir erzählt, daß Sie Patrick ein Schlafmittel gegeben hätten, und wir waren uns beide stillschweigend darüber einig, daß ich die Nacht über bei ihr bleiben würde. Sie mochte nicht mehr zu Patrick hineinschauen und verschwand statt dessen im Bad. Während sie duschte, ging ich ins Balkonzimmer. Ich war mir nicht sicher, ob der Stich Patrick nicht aufwecken würde. Auf dem Toilettentisch lag ein Nadelkissen. Ich machte mit einer Nadel vorsichtig die Probe, und er rührte sich nicht.«

Greenleaf überrieselte es kalt – ein eisiger Schauer, der ihn am ganzen Leib krampfhaft erbeben ließ.

»Dann setzte ich ihm die Biene auf den Arm und . . . und reizte sie so lange, bis sie ihn stach.« Er legte die Hände flach mit gespreizten Fingern auf die Tischplatte. »Sie können sich nicht vorstellen, Max, wie mir dabei zumute war. Ich weiß, es klingt sentimental, aber die Bienen waren meine Freunde. Jahr für Jahr hatten sie getreulich für mich gearbeitet, obwohl ich ihnen regelmäßig den Honig, ihren gesamten Schatz, wegnahm. Sie hatten mich mit Nahrung versorgt, denn zuweilen hatte ich tagelang nichts im Haus außer Brot und Honig. Und da zwang ich nun eine so loyale Gehilfin, sich um meinetwillen zu töten. Sie bohrte ihren Stachel in eine von seinen abscheulichen Sommersprossen . . . Mein Gott, Max, es war grausam mitanzusehen, wie sie zu fliegen versuchte und tot hinpurzelte. Grausam!«

Greenleaf setzte zum Sprechen an. Doch er bezwang sich und kroch auf seinem Stuhl in sich zusammen. Sie waren nicht auf derselben Wellenlänge – er, der einfache Landarzt, und dieser Naturfanatiker, der einen Menschen umbringen konnte und den Tod eines Insekts beklagte.

Marvell lächelte grimmig. »Nachher mußte ich natürlich dableiben. Ich mußte dableiben und Tamsin von Patrick fernhalten. Sie haßte ihn, aber ich glaube nicht, daß sie untätig dabeigestanden und ihn hätte sterben lassen.« Er richtete sich gerade auf und wurde im Halbdunkel wieder zum jungen Mann. »Ich schlief mit Tamsin unter den Augen von Herodes' Nichte.« Er beugte sich vor, als würde ihm das Alter wie ein Mantel um die Schultern gelegt. »In meinem Dünkel hielt ich das für einen guten Witz. Aber ich hätte daran denken sollen, daß sich beide – Salome und Tamsin – auf die Gelüste alter Männer verstanden.«

Er hockte sich auf die Tischkante und schlenkerte mit den Beinen.

»Gegen vier Uhr morgens machte ich mich davon. Tamsin schlief, und Patrick war tot. Queenie kam die Treppe herauf, und ich sperrte sie zu Tamsin ins Zimmer. Vielleicht spielte mir meine Eitelkeit einen Streich, Max; vielleicht spukte auch noch etwas vom fossilen Recht des Feudalherren in mir; oder vielleicht bin ich auch nur hoffnungslos altmodisch. Jedenfalls bildete ich mir ein, daß eine Liebesnacht für eine Frau noch etwas bedeutet, daß Tamsin mich nun heiraten müßte. Als sie mir zu verstehen gab, daß sie gar nicht daran dächte ... O mein Gott! ... ich wäre fünfzig, und sie erst siebenundzwanzig. Und dabei hat sie mich doch vorher haben wollen ... wäre sie damals in der Nacht nicht zu mir gekommen, dann hätte ich doch nie ...«

»Bitte, Crispin, hören Sie auf!« Es war viel grausiger, als Greenleaf es sich je vorgestellt hatte. Auf diese Selbstentblößung war er nicht gefaßt gewesen. »Ich verstehe das alles sehr gut. Es liegt mir fern –«

»Aber es war nur das Geld, immer nur das Geld.« Er lachte Greenleaf zynisch ins Gesicht. »Beruhigen Sie sich, mein Freund; mir ist jetzt viel wohler. Ich bin noch immer Marc Anton!«

»Warum erzählen Sie mir das alles?« fragte Greenleaf ärgerlich. Doch Groll war nur eines unter einer Vielzahl von Gefühlen – Staunen, Mitleid, Kummer und so etwas wie Reue –, die ihn bewegten. »Sie haben keine Ruhe gegeben, meinen Argwohn immer von neuem angefacht ...«

»Ursprünglich hatte ich natürlich das Bestreben, ungestraft davonzukommen.« Marvell sprach in so unpersönlichem Ton, als handelte es sich um jemand anderen. »Aber als mir klarwurde, daß ich Patrick umsonst getötet hatte, da wollte ich wohl irgend etwas aus den Trümmern retten. Es heißt doch immer, Verbrecher sind eitel.« Gleichsam verwundert sagte er: »Stimmt ja, ich *bin* ein Verbrecher! Mein Gott, in diesem Licht hab' ich mich bis jetzt nicht gesehen. Der Fall rief gewissermaßen nach einem Arzt, und deshalb fiel meine Wahl auf Sie, Max.«

Er machte eine halbherzige Bewegung zu Greenleaf hin, zog aber die Hand rasch wieder zurück.

»Ich beabsichtigte, Ihre Neugier zu reizen, aber Nancy nahm mir diese Arbeit ab. Ich habe Haß immer für unzivilisiert und unter meiner Würde gehalten, aber gegen Tamsin empfand ich einen wütenden Haß. Als Sie anfingen, sie zu verdächtigen, sagte ich mir, zum Teufel mit Tamsin, sie kriegt nur, was sie verdient!« Er schüttelte lächelnd den Kopf. »Falls es zum Schlimmsten gekommen wäre ... nun, letzten Endes hätte ich sie wohl nicht die Suppe auslöffeln lassen, die ich mir eingebrockt habe.«

»Ach was, Tamsin!« sagte Greenleaf gereizt. »Und Sie? Haben Sie sich denn nie gefragt, was aus Ihnen wird?«

»Aus mir?« Er ging zum Kamin, strich ein Zündholz an und warf es zwischen die verkohlten Blätter des Manuskripts. Eine dünne Flamme züngelte empor und beleuchtete sein Gesicht. »Ich habe nichts mehr zu erhoffen. Ich hatte ein gutes, ein erfülltes Leben, Max. Ich war von schönen Dingen umgeben und schrieb über schöne Dinge, und ich schrieb für Menschen meines Schlags, die wie ich in ... in einem goldenen Traum leben. O ja, es war ein Traum. Ich war kein besonders nützliches Mitglied der Gesellschaft, aber ich war auch keine Belastung für sie. Bloß eine Drohne, die untätig zuschaut, wie andere sich abrackern, und das Ende des Sommers abwartet. Mein Sommer endete, als Glide mich über den Zustand des Hauses aufklärte. Was danach folgte ... nun, ich sagte es schon: Traurigkeit, des Wahnsinns Amme ... Aber das entschuldigt natürlich nichts.«

»Ich weiß nicht, was ich machen soll.« Wie oft hatte Greenleaf diese Floskel menschlicher Verzweiflung in seinem Sprechzimmer gehört; nun stieß er sie selber aus. »Ich hätte an meinem Entschluß festhalten und mich blind und taub stellen sollen.«

»Das hätte ich nicht zugelassen.«

»Um Himmels willen!« Der Arzt sprang auf. »Hören Sie endlich auf, mit mir Gott zu spielen!«

»Max, es ist alles vorbei. Ich wasche mich rasch, packe ein paar Sachen zusammen, und wir gehen miteinander zur Polizei.«

Greenleaf nickte. »Ich warte auf Sie ... draußen.« Hilfloser Zorn ... auf wen? ... preßte ihm die Kehle zusammen.

Marvell zögerte. »Verzeihen Sie mir, Max«, sagte er und verschwand, die Lampe vor sich hertragend, im Flur.

Der Garten war still und voller Düfte, Balsam für Greenleafs erregtes wundes Gemüt. Er entfernte sich vom Haus, an dem nur das Badezimmerfenster matt erleuchtet war, und schlenderte über das Gras. Es war eine wolkenlose, mondhelle Nacht; irgendwo in den Obstbäumen schrie ein Käuzchen. Er schlug einen großen Bogen, der ihn schließlich zum Ausgangspunkt – der Hintertür – zurückführte.

Langsam, unsicher tastete er sich durch die Küche, den finsteren Flur auf den dünnen Streifen Licht zu, der unter der Badezimmertür hervorschimmerte. Vor der Tür blieb er stehen und horchte. Es war beklemmend still. Er klopfte leise, dann lauter. Als er die Ungewißheit, das unerklärliche Grauen nicht länger ertragen konnte, rief er: »Crispin!« und stieß die Tür auf.

Die Wanne war voller Blut.

Marvells Kopf ragte aus dem hellroten, blutgetränkten Wasser, und mit dem Leben waren auch all die feinen Spuren des Alters aus seinem Gesicht ausgelöscht; es wirkte jung, entspannt und im Frieden mit sich selbst.

Greenleaf schluchzte auf. Marvell war tot, doch sein Körper war noch warm und biegsam. Sanft hob der Arzt nacheinander die schlaffen Arme des Toten aus dem Wasser und betrachtete die aufgeschlitzten Handgelenke. Auf dem Boden der Wanne lag das Rasiermesser. »Ich bin noch immer Marc Anton«, hatte Marvell gesagt, und »Verzeihen Sie mir, Max«. Wie ein alter Römer und auf die gleiche Art war er von eigener Hand gestorben.

Sonst berührte Greenleaf nichts, ließ den Schauplatz unverändert, obwohl er gern das Wasser abgelassen und die Leiche mit einem Tuch bedeckt hätte. Er nahm die Lampe, schloß die Badezimmertür hinter sich zu und überließ Marvell seiner selbstgewählten Ruhe und Dunkelheit.

Auf dem Weg durchs Wohnzimmer machte er halt, nahm, einer plötzlichen Regung folgend, den olivgrünen Prozellanteller von der Wand und steckte ihn in die Tasche.

In Linchester begrüßten ihn hellerleuchtete Fenster; laute Plattenmusik bei den Gages; Gelächter, Gläserklirren, Tanzrhythmen bei den Gavestons, die anscheinend einen kleinen Hausball veranstalten. Vor der Villa Schalom kam ihm ein mit Gepäck beladenes Taxi entgegen, aus dem ihm schlanke braune Arme zuwinkten, während Walter Miller mit einem breiten Grinsen im schwarzbraungebrannten Gesicht einen rosa Strohhut schwenkte. Die Urlauber kehrten zurück, ausgeruht und gestärkt für ein weiteres Arbeitsjahr und die größte Sensation, die Linchester ihnen je geboten hatte . . .

Bernice öffnete ihm die Tür, bevor er sein Schlüsselbund hervorgekramt hatte.

»Liebster, bist du krank?« rief sie, umschlang ihn und drückte ihn fest an sich. »Was ist passiert?«

»Gib mir einen Kuß«, sagte er. Dann nahm er ihre Arme sacht von seiner Schulter und drückte sie ihr an den Körper. »Geduld, Liebling, ich erzähl dir alles. Aber vorher muß ich die Polizei verständigen.«